MON FILS NE REVINT QUE SEPT JOURS

DU MÊME AUTEUR

Dormir sans tête, Héliotrope, 2019.

En rampant, Héliotrope, 2016.

Frères, Héliotrope, 2013 ; série « P », 2015.

David Clerson

MON FILS NE REVINT QUE SEPT JOURS

HÉLIOTROPE
ROMAN

L'auteur remercie le Conseil des arts du Canada pour la bourse qui lui a été attribuée pour l'écriture de ce livre.

L'auteur remercie également la résidence D'Arts et de rêve pour la résidence d'écriture qu'il y a faite.

L'auteur remercie enfin David Bélanger et toute l'équipe de *XYZ. La revue de la nouvelle* pour la publication de la nouvelle « La mère universelle », dont sont tirés les deux premiers paragraphes de ce livre.

Maquette et illustration de couverture : Antoine Fortin
Maquette intérieure et mise en pages : Yolande Martel

Catalogage avant publication de Bibliothèque et Archives nationales du Québec et Bibliothèque et Archives Canada

Titre : Mon fils ne revint que sept jours / David Clerson.

Noms : Clerson, David, 1978- auteur.

Identifiants : Canadiana 20220028869 | ISBN 9782898221002 (couverture souple)

Classification : LCC PS8605.L542 M66 2023 | CDD C843/.6—dc23

Dépôt légal : 1er trimestre 2023

Bibliothèque et Archives nationales du Québec
Bibliothèque et Archives Canada

Héliotrope reconnaît l'appui financier du gouvernement du Canada. | Canada
Héliotrope remercie le Conseil des arts du Canada et la Société de développement des entreprises culturelles du Québec (SODEC) de leur soutien.
Héliotrope bénéficie du Programme de crédit d'impôt pour l'édition de livres du gouvernement du Québec, géré par la SODEC.

IMPRIMÉ AU CANADA

1

Le premier jour mon fils me confia avoir la sensation que son cerveau pourrissait. Quand il passait la main dans ses cheveux ceux-ci s'arrachaient par centaines. La peau de son crâne était sèche, squameuse. Pourtant l'intérieur lui semblait gonflé par l'humidité. Il croyait parfois qu'un liquide s'écoulait de sa boîte crânienne, lui tombait sur la langue et qu'il l'avalait.

De plus en plus souvent il voyait en rêve des champignons lui pousser dans la tête. Ceux-ci prenaient racine dans son cortex, y proliféraient. Mon fils craignait qu'ils lui parasitent aussi la gorge, bientôt l'œsophage et tout le système digestif. Il me décrivait son cerveau comme une matière lourde, marécageuse et obscène, semblable à une tumeur maligne capable de transformer sa vision du réel, et il me dépeignait les paysages apocalyptiques dans lesquels il vivait désormais, ses visions de champs de boue éternelle sous un ciel spongieux. Le décor se liquéfie, disait-il, et je comprenais que pour lui la réalité prenait racine dans la pourriture.

Cela il me le confiait alors que nous marchions au milieu de sapins à proximité d'une tourbière. Nous posions le pied dans une mousse vert clair gorgée d'eau où poussaient des fougères. Je portais des bottes de pluie, mais les souliers de mon fils, eux, étaient détrempés. Il suait, aussi, par cette journée étonnamment chaude et humide, quasi caniculaire. Sa respiration était bruyante alors que des moustiques le cernaient par dizaines. Sur son torse son t-shirt était mouillé par la transpiration, et son odeur se mêlait à celle, acidulée, de la tourbière. C'est curieux : il était plus grand que dans mes souvenirs (moi, sa mère, je n'avais pas mémoire qu'il le fut autant). Il était plus gros, aussi. Son ventre était gonflé sous son torse humide. Des poils grisâtres lui recouvraient les joues et les tempes. Ses longs cheveux se collaient sur son front et descendaient sur sa nuque et par-dessus ses oreilles, mais le sommet de son crâne était dégarni, n'y poussaient que de rares cheveux, qui laissaient paraître une peau brûlée par le soleil, et je pensai que je ne l'avais pas vu aussi chauve depuis sa plus tendre enfance, durant les premiers mois qui avaient suivi sa naissance.

Ce matin de la fin de juin je lui avais ouvert la porte du chalet familial, en Mauricie, que j'avais hérité de mon père, qui lui-même l'avait hérité du sien, et où depuis ma retraite je vivais seule des premiers jours de mai aux derniers jours d'octobre, avant la venue de l'hiver, n'y recevant que les rares visites de ma sœur (ma fille, elle, n'y venait presque jamais). Je n'avais pas vu mon fils depuis plus de dix ans. Sa visite me prenait par surprise ; il n'est pas certain que j'espérais encore son retour, mais quand je l'avais vu debout derrière la porte où il attendait sans cogner je l'avais reconnu immédiatement. Je lui avais offert à boire ; il m'avait demandé de l'eau. Je lui avais demandé s'il avait faim ; il avait fait non de la tête. Je l'avais appelé « Mathias » ; il m'avait appelé « Maman », et j'aurais voulu croire que rien n'avait changé depuis son enfance, mais je savais qu'il n'en était rien.

C'est lui qui avait voulu que nous allions ensemble à la tourbière. Alors j'avais marché avec lui sur le chemin de gravelle. Le ciel était sans nuages. Un vent fort se levait, chassait les moustiques et les mouches noires. J'avais regretté de n'avoir pas pris un chapeau tellement nous ressentions la chaleur du jour. Avec Mathias je m'étais glissée sous les branches au milieu des fougères. Pour rejoindre la tourbière il n'y avait pas de sentier, mais je savais que mon fils se souvenait du chemin. Malgré l'éclat du soleil les sous-bois étaient sombres alors que nous avancions à l'est d'une colline boisée qui nous servait de repère. Je ne mettais mes lunettes que pour lire, mais ma vue, avec l'âge, faiblissait, et la forêt, autour de moi, semblait plus floue et, par moments, irréelle.

Je n'étais pas retournée à la tourbière depuis longtemps. À vrai dire je n'y retournais presque jamais. Désormais je passais mes journées dans la solitude du chalet. Je marchais dans les bois derrière, sur d'anciens chemins de quatre-roues ou des pistes empruntées par les chasseurs. Souvent je m'enfonçais plus loin, m'éloignant sous les arbres sans craindre de me perdre. Je humais l'odeur. Je cherchais seule des champignons sur les tapis d'épines et le bois mort. Je regardais la lumière briller faiblement sur les fougères.

Mais ce jour de juin je posais à nouveau les pieds dans la forêt humide avec mon fils en l'écoutant me parler de son cerveau qui pourrissait, de la liquéfaction du réel, et je me rappelais ses lettres, que depuis son départ j'avais reçues par dizaines : leurs pages sans paragraphes, sa calligraphie ronde et grosse, les mots qui débordaient dans les marges, et ses propos, qui, au fil, des mois puis des années, m'avaient paru de plus en plus délirants ; ses lettres, expédiées de l'Ouest canadien, et pendant plus d'un an des États-Unis et du Mexique, que j'avais reçues d'abord avec hâte, puis avec appréhension, parfois même avec dégoût, et dont je retrouvais les mots dans ceux qu'il me disait aujourd'hui de sa voix d'homme mûr, un peu lasse, alors que nous avancions plus loin à l'est de la colline, dans une dépression qui lentement se creusait.

Autour de nous les arbres étaient plus maigres. La mousse s'accrochait à leurs troncs. Puis les conifères se densifiaient à l'approche de la tourbière. Mon fils et moi nous glissions entre eux en écartant les branches. Je me demandais comment faisaient les orignaux, si leurs bois s'y prenaient. Dans l'ombre et à l'abri du vent les moustiques se regroupaient autour de nos têtes. Je ne craignais pas leurs piqûres. Je craignais le bruissement de leurs ailes, qui m'envahissait. Je savais qu'il fallait marcher vite en forêt pour les laisser derrière, mais nous ralentissions au milieu des conifères, et j'écrasais des insectes posés sur ma peau, que mon fils avait connue belle, mais qui flétrissait désormais.

Mathias allait devant. Son corps immense fendait les branches. Je l'entendais respirer. Je savais qu'il suait. Mon pied écrasa un lactaire, champignon d'un blanc presque immaculé, dont je ne laissai qu'une purée. Le bleu du ciel apparut alors que nous surgissions du rideau des arbres, posions le pied dans la tourbière, qui soudain s'étendit devant nous sous le soleil, qui tapait si fort qu'il chasserait les moustiques tandis que nos pieds s'enfonceraient dans une mousse épaisse ressemblant à un piège.

C'était une étendue de sphaigne verte, jaune ou rouge, parfois lie-de-vin, où poussaient des kalmias, des colonies d'andromèdes, des grappes de sarracénies – plantes insectivores facilement reconnaissables à leur forme en cornet – et de rares mélèzes. En son centre s'ouvrait un étang, sorte d'œil au milieu de la sphaigne, qui, au fil des années, se refermait presque imperceptiblement, comme si la tourbière l'étouffait.

Alors que Mathias et moi avancions, nos pieds laissaient des traces profondes, des trous qui bientôt se résorberaient. Le soleil se reflétait dans l'étang. Des libellules volaient près de nos têtes. La chaleur pesait. Je me rappelais qu'enfant Mathias imaginait des bêtes prisonnières de la sphaigne, leurs pattes ou leurs sabots qui s'enfonçaient et la mousse qui les avalait. Je me rappelais aussi qu'il se demandait si sous la tourbière restait un peu du lac qu'elle avait étouffé au cours des siècles et qui n'était plus qu'un étang, et si des insectes ou des poissons y vivaient. Je me rappelais également qu'il se penchait sur les tubes verdâtres des plantes insectivores, qu'il y enfonçait le doigt et riait en imaginant qu'elles puissent se refermer sur sa peau, et que toujours, sur la tourbière, le soleil brillait plus chaud et plus fort, dans cet espace ouvert au milieu des forêts.

Je réentendis les mots qu'il m'avait dits plus tôt, l'impression qu'il avait une apocalypse dans la tête, que la matière blanchâtre qui lui occupait le crâne coulait dans son corps, qu'elle l'irriguait, qu'elle débordait aussi de lui et contaminait le réel, comme si elle l'étouffait. Je le vis qui s'était approché de l'étang. Je crus qu'une libellule s'était posée sur son front. Il était immobile sous le bleu saturé du ciel. Son corps lourd paraissait s'enfoncer dans la sphaigne. Je n'en étais pas certaine, à cause de la distance et de l'éclat du soleil, mais il me sembla que ses yeux se fermaient, et je me demandai ce qu'il avait dans la tête, quelles histoires prenaient vie dans la pourriture, s'il me les raconterait le lendemain.

Je restai comme lui silencieuse pendant le retour. Un groupe d'urubus à tête rouge décrivaient des cercles au-dessus du chemin de gravelle, où le vent soufflait. De premières gouttes tombèrent alors que nous étions rentrés au chalet. Puis d'épais nuages recouvrirent le ciel avec la fin du jour. La nuit la pluie fut torrentielle. Elle frappait le toit de tôle, étouffant tout autre bruit. Elle s'infiltrait dans les murs usés par le passage des années. Les rares moments où elle cessa on entendit le chant assourdissant des rainettes dans la mare située près du chemin, auquel se mêlait celui, lourd, des ouaouarons, peuplant les rives du lac, en contrebas du chalet.

Malgré la fatigue je m'endormis tard. Je ne parvenais pas à savoir si Mathias avait trouvé le sommeil. J'avais peu mangé. Lui avait à peine goûté à la tourtière que j'avais dégelée le matin. Le soleil nous avait martelé le crâne. Nous nous étions couchés tôt, dans le dortoir, unique chambre du chalet, où depuis plusieurs années j'avais pris l'habitude de dormir seule. Mathias avait retrouvé son lit près de l'escalier, entre la bibliothèque encore chargée des livres qu'il lisait adolescent et une fenêtre contre laquelle des bourrasques soufflaient.

Même quand la pluie cessa à l'aube, le vent, violent, continua à faire tomber les gouttes posées sur les feuilles. Je n'avais dormi que quelques heures, sans doute pas plus de deux ou trois, et m'étais réveillée en chassant le souvenir de mes rêves. Je me rendormis peu après le lever du jour.

Le lendemain la journée était encore chaude et humide, mais sans vent, et des nuages masquaient le soleil. Quand je me réveillai à l'étage Mathias était sorti. Je le vis par la fenêtre. Il était plongé dans l'eau jusqu'au ventre. Il n'était pas allé nager au bout du quai, mais s'avançait non loin des rives vaseuses, là où des nénuphars flottaient. L'observant, je pensai à un orignal aperçu quelques années plus tôt dans une aube brumeuse, de l'eau jusqu'au cou et sa tête plongée dans le lac, où il buvait. Je ne regardai pas Mathias longtemps. Je descendis, fis du café ; je sortis du pain et des confitures. J'étais fatiguée, plus qu'à l'habitude. Dans le miroir je me trouvai laide. C'était une laideur que j'associais à l'âge, c'était une laideur aussi qu'habituellement j'oubliais, que rien ne me rappelait dans la solitude du chalet. Je revis le corps de Mathias, son gros ventre trempé dans l'eau et qui s'y reflétait. Je me dis que maintenant il nageait peut-être, battant des bras pour aller vers le large. Je ne pouvais m'empêcher de le trouver beau. Je pensai aussi que je l'aimais, qu'il m'avait manqué, puis je n'en fus plus certaine.

L'odeur du café emplissait lentement la pièce. Du rez-de-chaussée j'entrevoyais tout juste le lac, masqué par des arbres, l'eau qui scintillait. J'avais mal à la tête, une migraine sans doute due à la fatigue et au stress. Je ne voyais pas Mathias. J'attendais qu'il remonte au chalet. Je l'attendais comme pendant des années j'avais attendu chacune de ses lettres.

Après son départ il fallut plusieurs mois avant qu'il m'écrive. Mon fils ne m'envoyait jamais de courriels, toujours il m'expédiait des lettres, qui année après année furent de plus en plus nombreuses. Les premières m'arrivèrent de l'Ouest canadien, puis, rapidement il passa la frontière. Je reçus des enveloppes de l'Oregon et de la Californie, et bientôt d'États plus au sud. Un an après son départ il m'écrivit du Mexique, et quelques semaines plus tard à nouveau des États-Unis, comme s'il parvenait difficilement à s'en extraire, puis au cours des mois je le perdis, les lieux d'expédition de ses lettres se dispersèrent. On aurait dit qu'il tournait, que son trajet s'entortillait sur lui-même alors qu'il se perdait dans les banlieues et les villes, et plus souvent dans des régions échappant au tourisme, des campagnes touchées par la crise et qui se dépeuplaient. Au bout de deux ans il retrouva l'Ouest canadien, où à nouveau je parvins difficilement à suivre son trajet, le voyant remonter la côte, traverser à plusieurs reprises les Rocheuses, rester pendant des mois à Vancouver, comme s'il s'y empêtrait, puis à nouveau repartir.

Au début ses lettres m'arrivaient rédigées sur des pages lignées arrachées à des cahiers d'écriture, puis au fil des ans, sur des papiers de plus en plus disparates : des napperons de restaurant, les pages de garde de livres qu'il avait découpées, des affiches retirées de poteaux électriques ou de babillards de buanderie, et derrière lesquelles il écrivait. Je me demandais s'il mangeait dans ces restaurants, s'il se réfugiait dans ces buanderies les soirs de pluie. J'aurais aimé lui écrire, j'aurais aimé lui envoyer de l'argent. J'aurais voulu savoir comment il vivait, s'il mendiait, s'il lui arrivait de dormir entre quatre murs. Je n'eus jamais la possibilité de le faire. Jamais il ne me donna l'occasion de lui répondre. Sa correspondance était unidirectionnelle. Par moments j'aurais pu croire qu'il n'était jamais parti, mais sur ses lettres les tampons indiquaient Vancouver, Golden, Burlington ou Aspen, et, les étalant sur ma table près d'une carte géographique, il m'arriva d'essayer de recomposer son trajet dans lequel je trouvais difficilement une logique, où je voyais plutôt une forme belle et abstraite, qui ne m'apprenait rien.

Rien n'indiquait non plus qu'il revienne. Mon fils n'évoquait jamais son retour. Déjà bien avant son départ il ne me parlait jamais de l'avenir. Pourtant je sais aujourd'hui que c'était un avenir qui l'habitait, qu'il était sans cesse tourné vers demain, sans trouver de réponse, sans avoir envie de construire.

Dix ans plus tôt il avait disparu sans prévenir. C'est son ami Alex, avec qui, deux étés auparavant, il était allé en Colombie-Britannique, qui m'avait appris son départ. Je l'avais appelé en espérant parler à mon fils, qui logeait parfois chez lui. Alex était sans nouvelles depuis plusieurs semaines. Ces derniers mois il le voyait déjà de moins en moins, mais Mathias lui avait dit qu'il partait à nouveau vers l'Ouest et parlé de traverser ensuite la frontière, d'aller aux États-Unis, puis de rejoindre le Mexique.

Des quelques amis qu'avait eus Mathias, Alex avait été le plus important. C'était un ami rencontré dans la cour d'école, un ami qui était venu à plusieurs reprises au chalet, avec qui il s'était baigné pendant des heures, qu'il avait aussi emmené en forêt et conduit sans doute jusqu'à la tourbière (de leurs expéditions ils ne me disaient presque rien), et avec qui à la fin de l'adolescence il était parti en Gaspésie pendant près d'un mois sans me donner de nouvelles : ils dormaient sur des plages, dans des parcs ou des boisés, appris-je à leur retour, dans l'appartement de l'avenue Laurier, que j'habitais alors avec Mathias. Ils voyageaient en autostop, ils n'avaient pas d'argent, mais trouvaient toujours à manger, et l'année suivante, malgré la désapprobation des parents d'Alex, Mathias partait à nouveau avec lui, cette fois dans l'Ouest. Moi, je ne lui déconseillais pas de le faire, je ne l'encourageais pas non plus, je lui recommandais d'être prudent, lui demandais de m'appeler le plus souvent possible (je lui avais acheté une carte d'appel à cet effet). Je me disais qu'Alex était pour lui un peu comme un frère ; je ne pouvais le considérer simplement comme un ami. J'étais inquiète, mais rassurée de les voir partir ensemble et certaine qu'ils reviendraient.

Près de six mois plus tard ils furent de retour, la peau bronzée, aussi brune qu'à la fin de ces étés que mon fils et moi passions au chalet. Mathias ne me raconta son voyage que par bribes, mais j'imaginai les montagnes, et le Pacifique, que je n'avais vu qu'une fois, avant sa naissance, lors d'un voyage en Californie avec son père ; ils me parlèrent de rencontres et d'amis innombrables dont je confondais et j'oubliais les noms. Je me disais que mon fils avait maigri, je m'inquiétais, mais je les voyais, Alex et lui, ensemble, je regardais la beauté de leurs sourires, et je me disais qu'ils seraient amis jusqu'au bout de la vie.

Mais Alex, de son ami, n'avait plus de nouvelles, il n'en eut pas non plus par la suite. Pendant plus de dix ans Mathias était parti sans lui, et rien n'indiquait qu'à quelqu'un d'autre que moi il ait envoyé des lettres. Il avait voyagé dans une solitude qui me semblait à la fois belle et terrible, dans une solitude froide, qui me rappelait celle que, par moments, je ressentais maintenant dans la nuit, depuis la disparition de mon mari, depuis celle de mon fils, avec l'âge aussi, même dans la solitude du chalet, que j'aimais plus que tout, même dans la solitude des forêts, où je marchais à l'ombre des sapins, comme, depuis l'enfance, j'avais toujours aimé le faire.

Mathias ne me dirait rien de son voyage. Je ne saurais pas comment il était revenu. Désormais il paraissait plus grand, avait grossi. On aurait dit un étranger semblable à mon fils, mais que je ne pouvais m'empêcher d'aimer.

Le café avait coulé dans la cafetière, les tranches de pain étaient prêtes à être grillées. Je descendis vers le lac, marchai sur le quai. Mathias nageait plus loin, sous le ciel humide. Je m'étonnai de voir à quel point il s'était éloigné de la rive. Je le saluai de la main et crus, malgré la distance, qu'il me souriait.

Ce deuxième jour depuis son retour il voulut retourner à la tourbière. Le vent s'était éteint. L'humus des forêts était gorgé par la pluie tombée tout au long de la nuit. Des nuages de moustiques nous suivaient sur le chemin de gravelle pendant que mon fils me racontait ses rêves, les champignons qui lui parasitaient l'œsophage, ceux qui prenaient racine dans son ventre, leurs spores qui se posaient sur ses bronches, ceux qui sortaient de sa bouche, se glissaient entre ses lèvres alors qu'il parlait ou respirait. Je l'écoutais difficilement – en vérité je n'avais pas vraiment envie de le faire. J'étais rattrapée par la migraine. Les moustiques m'assaillaient, épidémiques, et j'imaginai un homme blessé en forêt, ayant glissé sur une pierre, sa jambe fracturée, avançant sans cesser d'être dévoré par les bêtes, dont le vrombissement lui envahissait le crâne, lui occupait le cerveau.

J'étais fatiguée. Je rebroussai chemin, laissai Mathias continuer, s'éloigner seul, s'enfoncer sous les arbres et disparaître en direction de la tourbière, et je me souviens que j'eus une sensation fugitive, celle que cette fois il ne reviendrait jamais.

Le lendemain – troisième jour – il était de nouveau levé à mon réveil et je me demandai s'il avait dormi. De son expédition la veille à la tourbière il était revenu enchanté. Il souriait. Il peut sembler excessif, sinon caricatural, de l'écrire, mais je dirais que ses yeux brillaient. La mousse était belle ! dit-il. J'ai enlevé mes souliers. Mes pieds s'enfonçaient dans la sphaigne gorgée d'eau tiède. Des fourmis me couraient sur les jambes. Les moustiques se rassemblaient autour de ma tête. Les nuages s'accumulaient. Un vent puissant a traversé les arbres. Il a soufflé sur la tourbière. Je l'ai senti sur mon visage. Le ciel s'est obscurci au-dessus de la colline. J'ai entendu le tonnerre. Quand la pluie s'est mise à tomber je me suis réfugié sous les sapins. Mon t-shirt était détrempé. J'ai couru, j'ai cru me perdre. Mes pieds glissaient dans des flaques. Les branches me fouettaient. La pluie formait un voile. Je me suis réfugié dans le creux d'un rocher. La pluie était chaude. La pluie était belle. Je n'avais pas froid. J'ai tiré la langue pour récupérer des gouttes qui tombaient. La pluie gorgeait le sol, déjà humide. Ailleurs la pluie gorgeait aussi la sphaigne. Il n'y avait plus de moustiques qui bourdonnaient.

Ce fut ce qu'il me dit, en d'autres termes (je reconstruis), et je repensai à ses lettres, aux intempéries, aux jours de fatigue, à l'insomnie qui semblait permanente, au réel qui vibrait, à mon fils qui marchait sous la pluie, sous le soleil, qui trouvait refuge en forêt, aux ombres qui le chassaient, aux bêtes, aux hommes et aux femmes qui lui peuplaient la tête et dont il me parlait. Je l'écoutai raconter encore son expédition sous la pluie, les champignons qu'elle ferait pousser, la beauté de l'eau s'écoulant du rocher. Il me parla aussi de son père, de comment il aimait marcher en forêt. Il me parla de moi, de comment j'aimais également le faire, de toutes ces fois où, lorsqu'il était enfant, j'y avais marché à ses côtés. Puis mon fils me rappela ce jour où, pour la première fois, nous avions tous deux trouvé la tourbière. Tu t'en souviens? La journée était caniculaire. Un soleil immense éclairait l'étang au milieu de la sphaigne. Puis il me dit que la veille, quand la pluie avait cessé, il s'était remis à marcher sans savoir exactement où aller. J'avançais dans des mares, dit-il. Mes pieds s'enfonçaient dans la mousse. Le vent soufflait. Des gouttes tombaient des feuilles comme si à nouveau il pleuvait. Je passais au-dessus des troncs morts, écartais les branches des buissons, me glissais sous celles des sapins, entendais les jaseurs et les engoulevents chanter, voyais des excréments de bêtes que je ne pouvais identifier. J'ai remarqué que mon genou saignait sans me souvenir de m'être cogné. Je marchais depuis déjà près d'une heure, avançant à l'instinct, quand je me suis demandé si je ne tournais pas en rond autour de la tourbière. J'ai grimpé sur un rocher. J'ai regardé au-dessus des arbres. J'ai aperçu la colline qui s'élève à l'ouest de la tourbière. Je me suis remis à marcher. Mes pieds, bientôt, se sont enfoncés dans la sphaigne la plus verte, j'ai traversé des buissons et des bosquets de conifères, j'ai vu de nouveau apparaître la tourbière, et au milieu d'elle l'étang qui s'ouvrait.

En écoutant mon fils je regardais son front et son cou gonflés de piqûres. Je me rappelais ce que, dans ses lettres, il m'avait aussi dit de ses rêves, où il voyait sa tête gonfler, se boursoufler et paraître parfois sur le point d'éclater. J'ai la tête qui explose! écrivait-il. Il le répétait: j'ai la tête qui explose! Et moi je me disais que dans ses lettres je n'étais pas toujours certaine qu'il parlait, que je croyais parfois qu'il aboyait, que ses mots résonnaient et se répétaient sans cesse. Je les entendais aussi résonner dans ma tête. Lisant ses lettres à voix haute, moi aussi j'aboyais. Je m'endormais tard. Je tardais à trouver le sommeil, et quand j'y parvenais enfin, je voyais mon fils déjà mort, je voyais mon fils mort et qui pourtant me parlait.

Ce troisième jour depuis son retour je me rappelai à mon tour notre découverte de la tourbière. Je ne sais pas si je voulais y trouver un sens. Je ne sais pas s'il faut trouver un sens à la vie. Je m'en souvenais sans certitude; ma mémoire, avec l'âge, défaillait.

À l'époque Mathias et moi passions nos étés presque seuls. Le chemin de gravelle était plus étroit. Il y avait moins de chalets – seulement ceux des Gamache, des Lampron, des Duhaime ; des habitations modestes ceinturées de galeries moustiquaires, construites dans les années cinquante, et qui restaient abandonnées tout au long de l'hiver. Nous recevions peu de visites. Le père de Mathias travaillait tout le temps ; ingénieur chez Hydro-Québec il accumulait les heures supplémentaires. Moi, mon métier d'enseignante (j'étais professeure de biologie) me libérait pendant la saison estivale. Ma fille préférait passer ses étés dans un camp de vacances à Val-David. Mathias et moi nous enfoncions en forêt. Quand nous nous perdions nous retrouvions toujours notre chemin. Des nuages de moustiques nous suivaient. Ceux que nous écrasions gorgés de sang rougissaient notre peau. Nous en écrasions, mais d'autres revenaient sans cesse. Des mouches noires nous rampaient sur le corps. Parfois elles s'enfonçaient aussi dans nos gorges. Ma langue se gonfle ! Ma langue se gonfle ! écrivait mon fils dans une de ses lettres. Il y a un marais dans ma tête, écrivait-il dans une autre. Encore une fois il répétait : il y a un marais dans ma tête. Ses lettres se répétaient tout le temps. L'impossibilité du monde. Une plage qui s'avance. Des routes qu'on aurait crues sans destination possible. Des chiens qui le suivaient par dizaines et avec lesquels il dormait, avec qui aussi, parfois, il parlait. Déjà l'idée du pourrissement. Mon fils que j'aimais, mon fils que j'aime encore, mon fils que je voudrais aimer tout le temps. Dans son enfance nous marchions dans les bois, disais-je. On aurait cru que nous pouvions y marcher éternellement. Un jour nous avions marché au milieu des fougères sous des conifères poussant dans la sphaigne. Un jour nous avions trouvé la tourbière avec le sentiment intime et sans doute irrationnel d'être les premiers à le faire. Et quand ce troisième jour depuis son retour il me dit à nouveau : « Maman, emmène-moi encore à la tourbière », j'acquiesçai d'un mouvement de la tête.

Le quatrième jour je sortis l'unique album photo que je conserve au chalet. La présence de mon fils m'apaisait. Nous étions tous deux assis à table. Nos cafés fumaient. Mathias ne mangeait presque rien et je m'étonnais du contraste entre son absence d'appétit et la grosseur de son ventre, que dans une de ses lettres il m'avait dit gonflé par des vers. À ses côtés je tournais les pages. Sous des pellicules de plastique transparent étaient réunies des photos de famille, d'abord, puis celles de champignons. En premier lieu, des photos amateurs, prises sur le vif (plusieurs étaient floues), le plus souvent par ma sœur lors de ses passages au chalet. Ensuite, des photos professionnelles, prises en haute résolution, celles d'agarics, de russules (certaines gagnées de dermatose), de bolets, d'amanites, qui avaient jadis servi à illustrer un ouvrage de mycologie dont j'étais l'auteure.

Avec mon fils je regardai les photos de famille, auxquelles je repense aujourd'hui avec un sentiment d'étranglement : mon fils, ma fille et leur père, des photos s'étalant sur un peu plus de dix ans, de l'enfance à l'adolescence (ma fille était l'aînée de son frère de deux ans). Sur l'une d'elles nous apparaissions tous quatre près du lac. Derrière on pouvait voir l'autre rive. À l'époque aucun chalet n'y avait encore été construit. Mathias ne devait pas avoir plus de cinq ans. Sa sœur paraissait étonnamment grande pour son âge. Mon visage était flou.

Celui de leur père aussi. Sur une autre photo (j'ignore qui l'a prise) on le voit debout devant le chalet. Il porte une veste à carreaux et tient un fusil de chasse. Sa moustache est bien visible sous son nez. La tête décapitée d'un orignal repose à ses pieds sur une bâche.

Durant l'été (je l'ai déjà dit) ses visites étaient rares. Il ne venait que certaines fins de semaine, arrivant depuis Montréal, où nous vivions ; souvent d'autres régions quand il devait se déplacer pour son travail. Il aimait accumuler les kilomètres, dormir sur la route, en Mauricie, dans Charlevoix, sur la Côte-Nord, où je l'imaginais au bar du motel le soir, buvant lentement sa bière, puis regagnant sa chambre, où il restait longtemps étendu sur le lit avant de trouver le sommeil.

Ses vacances, il les prenait seul à l'automne durant la saison de la chasse – il en avait besoin, disait-il, de toute façon nous prendrions des vacances ensemble à Noël. Les premières années il était parti avec des amis d'adolescence, nés comme lui en Mauricie où nous nous étions rencontrés, qui y habitaient toujours, et qu'il ne retrouvait qu'à cette occasion. Il rapportait peu de gibier. Il le leur laissait, disait-il. Je savais qu'il n'aimait pas vraiment en manger. Puis un automne il était allé chasser seul, et bientôt en avait pris l'habitude. Il ne s'était plus rendu dans un campement de chasseur. Il allait au chalet. Pendant deux semaines il ne me donnait plus de nouvelles. Je ne sais pas ce qu'il faisait de ses soirées : il n'aimait pas lire ; au chalet il n'y eut jamais de téléviseur. J'imaginais ses journées sous les arbres, dans la fraîcheur d'octobre, les feuilles crissant sous ses pas, la fumée sortant de sa bouche, des heures passées immobile dans une cabane de planches grises construite au sommet d'un arbre, près d'un point d'eau où venaient s'abreuver les bêtes ou à proximité de la tourbière.

Mathias et moi lui en parlions souvent : les plantes insectivores, l'impression étrange de marcher sur un lac sans y couler, le soleil se reflétant dans l'étang en son centre. Je ne crois pas que nous y soyons jamais allés tous trois, mais je compris sur le tard qu'il s'y rendait désormais chaque automne. C'est Mathias qui le lui avait demandé : « La cabane, près de la tourbière ? » Il avait fait oui de la tête. C'était là qu'il se perchait pour chasser. J'ignore s'il faisait beaucoup de victimes. Sans cette tête d'orignal décapitée à ses côtés j'aurais pu croire qu'il ne visait aucune bête.

Mon fils et moi regardions ces photos en silence. Un bruit de musique et de moteur se fit entendre, venu du lac. Celui aussi des aboiements d'un chien. Le soleil faisait miroiter les vagues. Un bateau passa, surchargé de garçons et de filles en maillots de bain. Leurs peaux étaient luisantes, enduites de crème solaire. Ils parlaient fort, apportaient une glacière débordant de bières, se photographiaient sans cesse avec leurs téléphones, plongeaient et replongeaient. Ils feraient la fête toute la journée et une bonne partie de la nuit. Autour du lac, depuis quelques années, les chalets se multipliaient. Bientôt il n'y aurait plus de place. L'espace se refermait.

Sur une photo Mathias et sa sœur se baignent ensemble. Elle devait avoir sept ou huit ans. À l'époque elle venait encore au chalet. Puis elle avait quitté Montréal. Elle s'était installée près de Trois-Rivières, au Cap-de-la-Madeleine, où j'étais née et où ma sœur vivait. Je n'aimais pas le mari de ma fille. Je n'allais jamais leur rendre visite. Je ne voyais mes petits-enfants qu'à Noël et la première semaine de juillet, où je les gardais deux nuits au chalet, qui se trouvait à un peu plus d'une heure de chez elle. Son mari avait le sien, du côté de Saint-Jean-des-Piles, plus gros et plus moderne. Quand elle m'en parlait je voyais une construction immense, de trois étages, sans compter la cave, où étaient aménagés un atelier et un garage. Il y avait un spa, une piscine et trois salles de bain. Chacun avait sa chambre.

Il y en avait une pour les invités (il faudrait que je vienne, disait-elle). La baie vitrée de la salle à manger offrait une vue panoramique sur la rivière Saint-Maurice. Elle continuait et je voyais plus que ce qu'elle disait : une salle de billard, un bar, d'autres couloirs et d'autres pièces, une construction qui sans cesse grandissait. Je pensais aux nouveaux chalets autour du lac. À celui des Gamache, qui avait été rasé pour y bâtir une maison, désormais habitée à l'année. À ceux s'élevant en hauteur, sur des rochers, au sommet de pentes escarpées, à des endroits où, quelques années plus tôt, personne n'aurait imaginé construire et d'où des escaliers descendaient désormais vers le lac. Aux chemins qui partout rejoignaient les rives, donnaient sur des quais, où étaient amarrés des pédalos et des bateaux à moteur. Aux voitures de plus en plus nombreuses sur le chemin de gravelle. À l'espace peu à peu saturé. J'écoutais à nouveau ma fille me parler, je l'écoutais sans vraiment l'entendre, il m'arrivait de me demander si vraiment je l'aimais. Dans mon imaginaire son univers se limitait à ses enfants, à son chalet et à son téléviseur, mais en réalité je n'en savais rien.

Mathias regardait la photo où il nageait avec elle. La journée était ensoleillée. Tous deux riaient. « Idyllique » est le seul mot qui me vient en tête pour la décrire. Comme son frère, ma fille depuis avait grossi. Elle n'aimait plus sortir (à vrai dire, avait-elle déjà aimé le faire ?). Elle passait ses journées dans sa maison, au Cap-de-la-Madeleine. Elle s'occupait de ses enfants. Les rares fois où j'y avais séjourné le téléviseur n'était jamais éteint. Je crois qu'il ne se passait pas une minute sans que ma fille tourne son regard vers lui, comme s'ils entretenaient un dialogue perpétuel. Ses enfants ne lui ressemblent pas. Ils ressemblent à son mari. Ils ne me ressemblent pas non plus. Dans ma tête ils ne ressemblent à rien.

Je dis cela, mais je ne sais plus : ce sont un garçon et une fille, qui, durant les premières années de leur vie, se distinguaient difficilement ; tous deux ont les yeux marron, une chevelure épaisse ; ils s'appellent Mathilde et Mathieu ; sans cesse on les confond, mais dans leur regard je crois parfois retrouver celui de Mathias, un regard que j'aime, un regard des tourbières, un regard où j'ai l'impression de m'enfoncer et qui parfois me fait peur, ce même regard qui ce jour-là fixait l'album photo à mes côtés, voyait deux enfants, dans lesquels je me demandais comment il pouvait se reconnaître, s'il y voyait une pourriture, s'il pensait à cette gangrène qui gagnait son cerveau, s'il se demandait si elle avait aussi contaminé sa sœur, si dans sa maison au Cap-de-la-Madeleine ou dans le chalet moderne de son mari, figée devant le téléviseur, il lui arrivait aussi de sentir son cerveau se putréfier, comme si sa boîte crânienne contenait un pouding oublié depuis des mois dans le réfrigérateur.

C'est ce que je me disais. Je regardais la photo, cette journée idyllique, je pensais que ma fille et mon fils se ressemblaient, et qu'il n'avait jamais vu les enfants de sa sœur, qu'étant parti peu avant leur naissance, il ignorait même qu'ils existaient.

Mathias tourna la page. Sur une autre photo on le voyait à plat ventre, nourrisson sur un lit du dortoir où à nouveau il dormait. Sur une autre encore je le tenais par la main. C'était toujours un enfant, mais il grandissait vite. Il était déjà presque aussi grand que moi. Sa chevelure était abondante. Je m'étonnai de voir à quel point elle l'était, pensai à son crâne aujourd'hui presque chauve et brûlé par le soleil. Devant moi Mathias sautait des pages, passait vite sur les photos de russules, d'hygrophores et d'amanites, des champignons qui se nourrissent du sol décomposé des forêts et lui parasitaient le ventre et la tête.

La journée était belle. C'était un samedi. Un vent doux soufflait, venu du sud. Il annonçait déjà juillet, où, cette année, comme la précédente, on prévoyait des records de chaleur. C'était une journée à passer dans le lac. Des pédalos et des kayaks naviguaient lentement entre les îles, y croisaient des bateaux à moteur et des quais motorisés où des familles s'agglutinaient sous le soleil accompagnées de leurs chiens – de leurs bouviers, de leurs cockers. Mathias, lui, sortit à peine. Comme la veille j'eus l'impression qu'il n'avait pas dormi de la nuit, mais pour la première fois sa fatigue était visible. Ses traits étaient tirés; ses cernes, creux. Il parlait peu. Ses mains tremblaient. J'aurais peut-être dû l'emmener voir un médecin – j'en eus la pensée fugitive; je me dis qu'il était venu pour la quiétude du chalet.

Ce quatrième jour il ne me parla pas d'aller à la tourbière. Le ciel était immaculé. Mathias ne se baigna que vers la fin du jour, mais resta longtemps dans le lac. Je me demandai s'il pensait à ces jours déjà lointains où il y avait nagé avec sa sœur, s'il se rappelait que c'était son père qui lui avait appris à le faire. J'eus un goût de mort dans la gorge, la certitude que Mathias allait bientôt à nouveau disparaître. Je pensai à ses lettres, qui laissaient le sentiment qu'à aucun moment il ne reviendrait.

Dans l'une d'elles il se décrivait portant le cadavre d'un jeune renard trouvé mort, le crâne fracassé par une voiture près de Fort Fraser. Le sang gluant lui maculait les mains. Il voulait l'essuyer et en imprégnait ses vêtements. Il marchait le long d'un chemin de campagne après la tombée du jour, enjambait difficilement une clôture, s'empêtrait dans ses fils. Puis ses pieds foulaient un champ boueux. C'était un renard qu'il connaissait, disait-il. C'était un renard qui lui avait déjà parlé dans la nuit. C'était un renard qui avait pour lui une voix humaine, ou peut-être que c'était plutôt Mathias qui avait connu le langage de l'animal, qui avait su grogner et couiner comme lui. La nuit était noire, sans lune. Mathias avançait, fragile. J'aurais voulu marcher avec lui dans la nuit. J'aurais voulu l'éclairer, l'accompagner avec une lampe à la main. Ce n'est qu'à l'orée d'une forêt qu'il laissa tomber le cadavre. À l'animal, cette nuit-là, il avait creusé une sépulture, m'écrivait-il. À l'animal il avait creusé une sépulture en se blessant les mains. Autour de lui le regardaient des hermines et des lièvres. Autour de lui des oiseaux nocturnes chantaient pendant qu'il mettait le renard en terre. Cette nuit-là il dormit sur sa sépulture, il le fit malgré la fraîcheur et la bruine. Puis le lendemain, sali par la boue et le sang, il évita la route, il avança à l'orée des arbres, comme une bête qui fuyait.

Dans une autre lettre il marchait sur une route rectiligne, un trait traversant des champs inondés où se reflétaient les étoiles, comme sur un lac étale, sans vagues. C'était un printemps humide. Une rivière avait débordé, dans la campagne profonde et dépeuplée du Montana ou du Wisconsin (j'ai oublié). C'était ce qu'il me décrivait et j'imaginais le débordement du lac Saint-Pierre qui chaque printemps recouvrait les champs du côté de Yamachiche, de Louiseville, quand au mois de mai nous allions ouvrir le chalet. Mathias avançait au milieu d'inondations similaires, de celles qui envahissent les terriers des animaux fouisseurs, les chassent le long des routes où ils finissent frappés par des voitures roulant à plus de 100 kilomètres à l'heure. Mathias ne pouvait dévier, partir à travers champs; sa marche suivait le tracé de la route. Près de lui un échassier s'envolait. Ses grandes ailes blanches battaient, spectrales, au-dessus des champs. Une lumière apparaissait au loin, avançait à toute allure, fonçait vers mon fils bientôt aveuglé par des phares, qui l'abandonnaient aussitôt dans la nuit sur cette route où personne ne marchait, sur cette route où des phares éclairaient Mathias comme ils auraient éclairé une bête, un chevreuil prisonnier entre des lacs ou un chien égaré, et j'imaginais mon fils en cadavre, son sang qui se mêlait à la boue entre la route et un champ inondé. Je l'imaginais et lui criais combien je l'aimais. Mais il marchait encore. Cette route au milieu des champs ne semblait mener nulle part. Les champs ne s'assécheraient jamais. La nuit ne connaîtrait aucun éveil. Des phares éclairaient mon fils, l'aveuglaient et le brûlaient (ce sont les mots qu'il employait) et moi je le voyais sans cesse mourir, sa mort en moi se répétait.

L'été suivant il avait été la proie de punaises. Depuis des semaines elles le parasitaient, m'écrivait-il. Elles vivaient sous ses vêtements, se faisaient sur lui un logis, le mordaient et le mordaient sans cesse. Il se grattait, les écrasait, mais elles revenaient toujours. Des dizaines d'entre elles grouillaient au fond de son sac. Elles se multipliaient dans chacun des lieux où il dormait – des roulottes abandonnées, des édifices en construction, des portiques d'immeubles dont il serait chassé au réveil –, qu'elles infestaient, comme s'il favorisait leur propagation, qu'il était leur vecteur, un agent envahisseur. Mathias s'émerveillait de leur capacité de reproduction. Il prenait les punaises entre ses doigts, les regardait, souvent les écrasait, et retrouvait son propre sang sur sa peau, mais chaque fois les trouvait belles, contemplait les sillons sur leurs ventres, la texture de leur chitine, leurs pattes qui, inutilement, battaient l'air, papillotaient. Elles viennent de ma tête, disait-il. Elles sont le produit de ma cervelle. C'est par ma volonté qu'elles me contaminent. Et il me décrivait son corps de plus en plus maigre, son corps de François d'Assise anorexique vivant en symbiose avec les bêtes.

Je lisais ses lettres (dans plusieurs ce scénario se répétait), je le faisais fatiguée, épuisée par toutes ces nuits où depuis la disparition de mon fils je dormais mal, comme si mon insomnie devait se conjuguer à la sienne, comme si comme lui je devais laisser l'impression que je ne dormirais jamais, et je voyais ses mots semblables à des insectes, qui s'accumulaient et qui grouillaient, qui parasitaient les feuilles comme elles parasitaient aussi ma tête. Je me grattais. Encore plus qu'à l'habitude je dormais mal. Dans mon appartement de l'avenue Laurier je me levais, regardais sous mes couvertures, sous mon matelas, cherchais l'apparition de punaises, les imaginais produites par ma tête, comme si Mathias et moi n'avions eu qu'un seul cerveau, avions partagé une identité siamoise, avions formé un seul être malheureusement divisé et qui ne retrouverait pas son identité avant que mon fils revienne.

Dans une autre lettre, encore, il m'écrivait qu'il s'était réveillé couché dans la merde. La nuit avait été splendide. Il s'était étendu dans un terrain vague, une friche industrielle aux frontières d'Edmonton. Des voitures roulaient derrière les arbres et les bosquets. Près de lui un animal rôdait – il parlait d'un renard ou d'un lièvre –, mais rien ne le dérangeait. Le matin il s'était réveillé mouillé par la rosée, s'était retourné, avait roulé dans des excréments humides. C'étaient des excréments de chien. Puis il n'en fut plus certain : ce pouvait être des excréments humains. Tout le jour l'en avait accompagné l'odeur, elle l'avait suivi au cours de la nuit, et hanté encore d'autres jours et d'autres semaines. Alors qu'il faisait de l'autostop on la lui faisait remarquer. Parfois il ne savait plus si c'était lui qui la dégageait. D'autres fois il lui semblait que ce n'était plus une odeur excrémentielle, mais une puanteur dégagée par sa peau. Alors il s'éloignait, il allait toujours plus loin. Il dormait dans des ruines – celles d'une station-service désaffectée, celles d'une maison abandonnée dans une ville vidée par la crise économique, celles d'une usine au toit éventré, celles d'un motel aux fenêtres placardées près de Calgary.

L'odeur m'appartient, écrivait-il. C'est une odeur de chien, c'est une odeur humaine. Elle l'accaparait tandis que se poursuivait son errance que je croyais alors éternelle, son errance qui ne parviendrait plus à le ramener à mes côtés, son errance dont l'odeur montait à mes narines et me dégoûtait.

Je retournais dans la solitude du chalet. Je cessais de lire ses lettres. Leurs mots me rattrapaient dans mon sommeil. Moi aussi j'errais. Je me perdais dans des forêts et des villes. Mon cerveau à mon tour se décomposait. À mon réveil j'avais la langue pâteuse et terriblement mal à la tête. J'allais marcher dans les bois, je m'éloignais du chalet, je pesais chacun de mes pas, craignais pour la solidité de mes jambes, qui vieillissaient. J'avais peur de la mort, de finir seule, blessée en forêt et incapable de marcher. Je regardais rarement vers le ciel, je cherchais entre les racines, trouvais des polypores, des lactaires, des bolets aux chapeaux déjà rongés par les vers. Je n'avais pas emporté de panier, mais rentrerais, plus tard, avec des russules de Peck plein les mains, que je ramènerais partiellement écrasées, avec des morceaux entre mes doigts, tandis que d'autres tomberaient en chemin. Ces champignons, je les mangeais. Je n'en faisais pas une omelette. Je ne les ajoutais pas à des pâtes. J'en remplissais un bol après les avoir grillés à la poêle, un plein bol d'une matière qui, à rebours, me paraît obscène, comme si à travers elle je voyais déjà la putréfaction du cerveau de mon fils, une putréfaction qui me semble aujourd'hui correspondre au réel.

Cette nuit-là – la quatrième depuis le retour de Mathias – des feux d'artifice déchirèrent le ciel.

Des cris et des rires résonnèrent sur le lac, se firent entendre de loin. Je ne connaissais pas le nom des propriétaires du chalet d'où ils provenaient. Désormais, des habitants du lac je ne connaissais plus les noms que d'un ou deux anciens. Je venais de la Mauricie, mais j'étais partie tôt pour la ville. De la Mauricie je ne connaissais que la forêt, je ne connaissais pas les gens. Je ne voulais pas non plus les connaître. J'allais de moins en moins sur le lac. Je m'y baignais à partir de mon quai, sans m'éloigner. Je ne prenais plus mon canot pour longer ses rives, je gardais le souvenir de ces années où je pouvais en faire le tour sans rencontrer âme qui vive. Je me repliais vers le chalet, j'allais dans la forêt, je m'éloignais. Je revenais avec des lépiotes, des coprins, des lactaires.

Plus tôt, c'est ce que j'avais fait ce jour-là. Je ne m'étais pas éloignée longtemps sur le chemin de gravelle avant de me glisser dans une pinède. Mathias s'était couché dès la fin de l'après-midi. J'avais voulu le réveiller pour souper. J'avais cuisiné des chanterelles trouvées sous les pins. Par la fenêtre du dortoir le soleil illuminait son crâne.

À mon approche il avait gémi dans son sommeil sur son lit près de la fenêtre. J'ignore exactement pourquoi j'avais renoncé à le réveiller. Je n'avais pas fini les chanterelles. Il mangerait les restes le lendemain.

À son réveil, alors que des feux d'artifice éclataient au tournant de minuit, il me fit le récit d'un rêve où il se voyait nager dans l'œil de la tourbière : son corps était gros, son corps était beau, son corps luisait sous la lune ou le soleil. Je pensai que ni lui ni moi n'évoquerions jamais la disparition de son père.

Le cinquième jour Mathias avait disparu à mon réveil. Il n'était pas dans le chalet. Je ne le trouvai pas près du lac. Je me demandai s'il était reparti. Je voulus espérer qu'il était retourné à la tourbière et reviendrait au courant de l'après-midi. J'étais tendue, inquiète. Je fis la vaisselle, je passai le balai et lavai le plancher. Je changeai les draps dans lesquels il avait dormi. J'ouvris les fenêtres pour aérer. Malgré la chaleur j'allumai le four et cuisinai des tartes. J'entendais des voitures rouler sur le chemin de gravelle. La fin de semaine arrivait à son terme. Des gens partaient, et j'espérais déjà que juillet et août passeraient vite, j'attendais l'arrivée de l'automne, alors qu'ici les gens ne se baigneraient plus, le lac serait moins fréquenté, les moustiques disparaîtraient des forêts, qui m'appartiendraient encore jusqu'à l'arrivée des chasseurs.

L'après-midi avança sans que Mathias revienne. Je n'avais pas dîné; je n'avais même pas pensé à le faire. Mon ventre se serrait. Je pensai appeler sa sœur, me dis qu'il avait pu aller la visiter, puis qu'il ignorait même où elle habitait et n'aurait eu aucun moyen d'aller la retrouver.

À elle il n'avait jamais envoyé de lettres. À elle je n'avais non plus jamais parlé de celles que je recevais. Elles l'auraient dégoûtée. Elle ne me le disait pas, mais je crois que tout dans son frère la dégoûtait. Dans une lettre, pourtant, il me parlait d'elle. Il la nommait. Il la décrivait immense. C'était une nuit sans étoiles. Mon fils et ma fille marchaient ensemble dans la banlieue interminable d'une ville anonyme. L'asphalte s'étirait. Les maisons se répétaient. À aucun moment ne se dessinait le jour. La nuit ne cessera jamais, m'écrivait mon fils. La banlieue n'a pas de frontières, ajoutait-il. La banlieue s'étalait si loin qu'elle semblait recouvrir la planète. La banlieue était le monde. La banlieue était le Canada et les États-Unis. Dans la banlieue marchaient mon fils et ma fille. Leurs ombres s'allongeaient sur l'asphalte. Autour d'eux un renard rôdait. La pointe de sa queue était noire, écrivait Mathias. La pointe de sa queue avait été trempée dans la nuit. Mon fils me décrivait sa sœur gigantesque, et son ombre qui la grandissait encore ; leurs ombres à tous deux qui se confondaient. D'elle il ne me dit rien d'autre. Il parlait avant tout de la nuit, de la banlieue nocturne, des rues sans fin, du renard qui courait sur les pelouses et disparaissait sous les haies. Il n'y avait presque pas de lumière. J'y repense et je me dis que c'était une banlieue où aucun lampadaire ne brillait. Il n'y avait pas non plus d'étoiles. Il y avait seulement la lune. La lune qui faisait s'allonger leurs ombres et vers laquelle ils marchaient.

Mon fils marchait sans cesse. Dans chacune de ses lettres il marchait. Quand il faisait de l'auto-stop il n'attendait jamais, immobile, qu'une voiture s'arrête pour le prendre. Il marchait le pouce levé, souvent il marchait ainsi pendant des heures, sur les routes les plus éloignées des villes, les routes de campagne, les routes où couraient aussi des chiens sans maître. Là il voyait des renards. Là il voyait parfois des lièvres. Et ses pieds se posaient près des bêtes mortes, des amas de poils et de sang, ceux de ratons laveurs, de porcs-épics ou de mouffettes, qui empestaient, ceux des chiens, plus rares, car les humains faisaient disparaître leurs corps, comme si écraser un labrador ou un épagneul les horrifiait, s'apparentait pour eux à un meurtre, alors que les ratons laveurs et les mouffettes pourriraient longtemps sous le soleil.

Moi j'avançais avec lui. Je le faisais en marchant sous les arbres. J'empruntais les chemins de chasseurs qui se multiplient sans cesse. Ils s'enfoncent dans des combes, traversent des ruisseaux, serpentent et s'entrecroisent, sont tracés puis oubliés. Au fil des ans la végétation les rattrape. Les *flags* rouges ou bleus qui les marquaient ternissent, noués aux branches des sapins et des trembles. Les cabanes de chasseurs lentement s'effondrent, la mousse les ronge, leurs escaliers deviennent impraticables ; elles sont désormais inaccessibles, accrochées aux arbres. Leurs planches deviennent grises. Elles évoquent des nids abandonnés. À l'intérieur des bouteilles de bière jonchent le sol, des conserves rouillent, des fauteuils pourrissent ; l'eau s'infiltre désormais par la tôle. Puis de nouvelles cabanes apparaissent non loin des marais et des mares où les orignaux attendent d'être tués.

Sur ces chemins j'entendais les mots de Mathias. J'entendais les mots qu'il écrivait et qui se répétaient dans ma tête. J'avançais sans destination réelle, dans une forêt que je connaissais depuis l'enfance, mais qu'année après année je redécouvrais. Je n'y avais jamais croisé de chasseur. Lorsque j'entendais au loin le bruit des quatre-roues ou de la scie à chaîne, je m'éloignais de ceux qui tracent les chemins. J'avançais sous les branches, dans une forêt que je connaissais mieux qu'eux, dans une forêt que j'aimais, mais où je croyais souvent me perdre, habitée par les mots de mon fils, qui résonnaient dans ma tête, qui remplissaient ma boîte crânienne, qui en débordaient, qui faisaient que même loin de Montréal, où je laissais ses lettres, je ne m'en débarrassais jamais.

Ces lettres je ne les aimais pas, souvent elles me dégoûtaient, je ne sais pas si mon fils aimait les écrire, je sais que sa sœur les aurait encore plus détestées que moi. C'est ce que je dis, mais au fond je ne sais pas : ces lettres j'ai aussi aimé les lire ou – je ne sais plus, « aimer » n'est peut-être pas le mot – j'ai espéré qu'elles arrivent. Il m'est arrivé de les lire à répétition. Je les ai lues aussi à voix haute. Le faisant, je marchais avec mon fils et ma fille dans la banlieue immense. Mon ombre s'étirait sur l'asphalte au milieu des leurs. À l'aube tombait une bruine fraîche. Un grand lévrier sans laisse nous fixait dans un parc déserté. Comme mon fils je posais le pied dans une dépouille puante. Moi aussi il m'arrivait de sentir la merde. Moi aussi il me semblait parfois que ma vie empestait. La merde me remontait du ventre. La merde me montait aux lèvres. Je pensais à ma fille et à mon fils, je pensais aussi à leur père. Ma fille ici ne viendrait plus, mon fils aujourd'hui était parti, son père ne reviendrait jamais. J'espérais la venue de l'automne, où je m'enfermerais ici, mais je ne souhaitais pas le retour de l'hiver, où je retrouverais la ville, les amies, le vide de la retraite, la lecture des journaux au café, le fil de l'actualité : un monde qui change trop vite et où j'ai de moins en moins de repères ; toujours le désastre qui se répète ;

l'humanité qui poursuit sa route vers la défaite éternelle ; en moi le goût de la solitude, un sentiment de fatigue, parfois aussi de dégoût.

L'après-midi s'étirait. J'avais le ventre noué. Peut-être devrais-je contacter Alex ? Peut-être mon fils était-il allé le retrouver, lui qui avait été son seul véritable ami, même si par la suite, traversant le Canada et les États-Unis, Mathias fut aussi l'ami des bêtes, des renards et des lièvres, des bêtes mortes et rongées par les vers, des chiens qui l'accompagnaient, seul ou parfois par dizaines. J'y pensais et me revenait un séjour sur la côte Ouest du Mexique, la seule fois où j'y étais allée, une des seules fois, à vrai dire, où j'étais partie hors du Québec avec son père (nos enfants n'étaient pas encore nés), et où nous marchions sur une plage près de Mazunte et avions vu un vieil homme, à la barbe longue et sale, une casquette posée sur le crâne, et accompagné d'une meute de chiens, des chiens galeux, des chiens jeunes et vieux, des chiens dédomestiqués, ayant laissé leur apprivoisement derrière, et qui le suivaient, pour le protéger peut-être, parce qu'il les nourrissait ou parce qu'il leur ressemblait, et dans cet homme vu sur une plage au milieu des années soixante-dix alors que je n'avais pas encore trente ans, je vois aujourd'hui mon fils, celui dont je recevais les lettres, mon fils qui n'était plus censé revenir, comme si le passé se confondait avec le futur, qu'ils s'inversaient, et que sur cette plage son père et moi allions vers notre fils et sa famille canine, qu'ils nous marchaient autour du corps, qu'ils nous léchaient peut-être les pieds et les mains et qu'ils continuaient leur chemin tandis que nous continuions le nôtre, désormais certains que nous ne nous reverrions jamais.

L'après-midi se terminait. Mon fils n'était pas revenu. J'avais éteint le four. Je descendis à nouveau vers le quai. Je pensai à nouveau appeler Alex. Les premiers temps après le départ de Mathias je lui avais téléphoné chaque année à son anniversaire. C'était surtout un prétexte. J'espérais qu'il aurait eu des nouvelles de mon fils. Alex était marié désormais, était retourné vivre à Trois-Rivières. Il avait eu un enfant. Il enseignait la géographie. Son épouse était fonctionnaire.

Il répondait toujours à mes appels. Je ressentais l'émotion dans sa voix. Nous ne parlions pas longtemps. «Je n'ai pas eu de nouvelles», disait-il, puis nous abordions d'autres sujets. Chaque fois Alex me parlait du chalet. Je lui disais qu'il pourrait venir, montrer l'endroit à son enfant, lui permettre de se plonger dans le lac (de plus en plus il était difficile de trouver une étendue d'eau où se baigner). Il me disait qu'il viendrait mais ne venait jamais. Au fil des ans j'avais cessé de l'appeler. Je ne crois pas que mes appels le dérangeaient. Je crois que – vraiment – il aurait aimé montrer le chalet à son fils et se baigner avec lui, peut-être l'emmener aussi sous les arbres, s'enfoncer en forêt, aller en direction de la tourbière. Simplement il ne le fit jamais. L'été, pendant les vacances, il était allé ailleurs, dans les Laurentides ou les Cantons-de-l'Est, dans un autre chalet, près d'un autre lac, sans plus penser à Mathias ou parfois, simplement, peut-être, au cœur de la nuit, comme si son ami hantait ses rêves, comme il hantait souvent les miens, et je me rappelais soudain ce fils immense que j'avais vu la veille pendant que je dormais. Son corps titanesque, son corps qui s'étirait et accaparait le ciel et la terre.

Le soleil se couche tard à la fin de juin. Je ne sais plus combien de fois je descendis sur le quai. Le lac était calme, comme il l'est souvent à la tombée du jour. Depuis le chalet on n'entendait plus le clapotement des vagues. Les tartes refroidissaient sur le comptoir. Je refermai les fenêtres. Je m'efforçai de manger – des restes de la veille – puis renonçai rapidement à le faire. La nuit était fraîche. À sa tombée les rainettes chantèrent, bientôt assourdissantes, si fort qu'on n'entendait qu'elles. La lune était grande et claire. Quand je sortis près du chalet, que j'avançai sous les arbres en direction du chemin de gravelle, je vis ma peau blanche, spectrale, blanchie par l'éclat lunaire. J'avançai quelques mètres en forêt. Le chant des rainettes m'emplissait les oreilles, que je tendais en vain. Je fixai la forêt obscure, où rien ne bougeait. Bientôt je retournai au chalet. Je tournai entre les murs. Je montai au dortoir, marchai entre ses six lits, ouvris puis refermai les fenêtres. Je parcourus les rayons de la bibliothèque, en sachant bien que je serais incapable de lire un livre, que j'étais trop inquiète, que mon regard ne saurait s'accrocher à des lignes. Je me rappelai Alex et Mathias, qui s'enfonçaient ensemble en forêt, et j'entendis leurs voix s'éteindre, je les entendis disparaître, comme Mathias, pendant dix ans, au fil de ses lettres, n'avait cessé de le faire.

Cette ville est un bourbier, écrivait-il. Cette forêt n'a pas d'issue. La banlieue de Mexico s'enfonce sous terre sans qu'on puisse remonter vers la lumière. Chaque forêt est un mystère. Chaque nuit ne connaît pas de lendemain.

L'Amérique était un labyrinthe, disait-il. C'était un labyrinthe où il n'y avait nulle part où aller et où il n'en finissait plus de se perdre. J'y repense et je me dis que le réel de Mathias avait été contaminé, qu'il s'enfonçait dans ses cauchemars, qu'il s'enfonçait dans la détestation que sa sœur lui vouait, qu'il s'enfonçait dans la disparition de son père, qu'il s'enfonçait dans des visions futures, celles de mon propre monde qui se refermait, que dans sa disparition il n'en finissait plus de s'enfoncer, et que revenu il s'enfonçait encore alors que son cerveau pourrissait.

Les cris des rainettes emplissaient la nuit. Je descendis du dortoir, je sortis à nouveau près du bois, en fixai encore la noirceur, avant de rentrer, de remonter à l'étage, et il me sembla moi-même m'enfoncer dans un labyrinthe alors que mon fils, à nouveau disparu, s'éloignait en forêt, qu'il s'enfargeait et rampait au milieu des racines, pensai-je, ou qu'il marchait vite sur le chemin de gravelle, qu'il y courait presque, pour rejoindre d'autres villages et d'autres villes, qui s'étendraient devant lui, où il se perdrait, et d'où il m'enverrait d'autres lettres, qui me parasiteraient, que je recevrais à mon appartement de l'avenue Laurier, où, pendant l'été, je ne les récoltais jamais, qu'une voisine récupérait pour moi parmi des factures, des prospectus, et qu'à l'automne je retrouverais – plusieurs par mois, de mai à novembre, au total sans doute une vingtaine de lettres – et que je lirais dans le désordre, qui me monteraient à la gorge, me donneraient la nausée, et après les avoir jetées avec les autres, dans des boîtes au fond du placard où elles s'accumulaient pêle-mêle, je me servirais à boire – du vermouth ou du gin –, j'ouvrirais des albums photo de son enfance, ceux que je conservais à Montréal plutôt qu'au chalet – comme il était beau ! comme je l'aimais ! comme je voulais l'aimer encore ! Alors je pleurai ce jour-là. Pour une rare fois je me permis de le faire, et j'espérai déjà que passe l'hiver, où je recevrais d'autres lettres, et la venue du printemps, où je retournerais me réfugier au chalet.

Pendant des années j'avais cru qu'il reviendrait. Pendant des années, chaque jour et chaque nuit, je l'avais entendu revenir. Pendant des années j'espérais trouver dans ses lettres l'annonce de son retour.

À l'époque aussi je passais mes étés au chalet, mais me faisais transférer mon courrier chez ma sœur dans une enveloppe où ma voisine le glissait. J'allais chez ma sœur chaque semaine (je n'y restais pas longtemps ; je préférais la solitude du chalet). Puis j'avais renoncé. J'abdiquais. De mai à novembre, en Mauricie, presque personne ne me rendait visite. Je restais seule, me baignais tôt, à l'heure où le lac est calme, où personne d'autre n'y nage ; je me réfugiais dans ce chalet, qui avait si peu changé depuis le temps que l'avait possédé mon père, qui avait si peu changé depuis le temps que l'avait possédé mon grand-père.

Certains jours, comme mon père et mon grand-père avant lui, je m'assoyais à la table. Je prenais des cartes, en faisais des châteaux, les construisais étage après étage ; des châteaux qui invariablement s'écroulaient. Plus souvent je sortais, je marchais sous les arbres, je le faisais sans craindre de me perdre, continuant secrètement à attendre mon fils sans croire qu'il soit utile de le faire. Puis il était revenu, puis il m'avait demandé d'aller à la tourbière, avec lui je m'étais enfoncée en forêt, je l'avais vu se baigner dans le lac, j'avais veillé sur ses nuits sans sommeil, je l'avais entendu ronfler et rêver à mes côtés, jusqu'à ce qu'à nouveau, le matin du cinquième jour il disparaisse, et que je l'attende dans la nuit claire où chantaient les rainettes, que j'erre entre les étages de l'espace clos et vide du chalet, que je repense à ses lettres, que je l'imagine marcher ou ramper sous les arbres, courir sur le chemin de gravelle, aller se perdre dans d'autres villages et d'autres villes, à nouveau passer la frontière et disparaître, et alors que je l'attendais, je fus prise du sentiment intime que moi aussi mon cerveau pourrissait, que le réel se liquéfiait. J'étais gagnée par l'incertitude. J'étais habitée par elle. C'était une incertitude-gangrène. C'était un parasite, une bactérie maligne qui me dévorait. Mathias, reviens ! criai-je sans ouvrir les lèvres. Mathias, reviens ! Mais je n'y croyais pas et me revenaient sans cesse – ma soirée se répétait – ces jours passés à attendre ses lettres, ces jours passés à espérer qu'il revienne, puis le dégoût et l'incertitude, la haine aussi (que j'aurais voulue dirigée vers autre chose que lui), le sentiment de la négation du réel, le rappel de la disparition de son père (il y avait treize ans déjà), l'impression que leurs existences se répétaient, le désir d'une solitude ultime et profonde qui ressemblait à la mort, et au fond de moi celui de prendre mon fils dans mes bras, de l'aimer jusqu'au bout de la vie.

Les rainettes chantaient, assourdissantes. Mes tartes, trop cuites et trop gorgées, avaient débordé.

J'eus envie de relire ses lettres, que je n'apportais jamais au chalet, que je laissais à Montréal, au fond d'un placard.

Dans l'une d'elles il se réveillait dans une cabane de chasseur abandonnée. La couverture dans laquelle il avait dormi était humide. Il avait froid. Je me souviens qu'il décrivait combien il grelottait. Il avait ouvert la porte pour sortir. Devant lui une louve le regardait. Elle était belle, me disait-il. Son pelage était gris. Elle le fixait à quelques mètres de lui. Ç'aurait pu être une louve, mais aussi une chienne, ou une chienne devenue sauvage et presque louve et qui ce matin-là venait à lui. Elle ne grognait pas. Elle ne le menaçait pas. Elle le regardait de ses yeux gris par cette matinée froide et humide, et mon fils lui parlait comme il aurait parlé à une mère, il lui parlait comme si j'avais été devant lui.

Cette nuit-là j'aurais voulu être une bête. Cette nuit-là j'aurais voulu retrouver mon fils dans la nuit. Je fus prise d'une envie subite de sortir et de le retrouver en forêt, où il s'était perdu peut-être, où il errait, et soudain je vis la porte s'ouvrir, soudain il arriva sans que je l'aie entendu venir.

Il m'apparut encore plus grand que le jour de son retour. Son ventre semblait plus rond. Son t-shirt était à nouveau imbibé de sueur. Son crâne ne m'avait jamais paru aussi sec. Sous ses yeux ses cernes étaient terriblement creux. Dans ses yeux s'ouvraient des abysses. « Je l'ai vu ! cria-t-il. J'ai vu mon père noyé dans l'œil de la tourbière. »

Mon cœur battait dans ma tête. Elle débordait de tout l'amour et du dégoût que je ressentais pour mon fils et pour son père. J'eus un désir fugitif : celui que mon fils parte et ne revienne jamais.

Cette nuit-là j'aurais voulu le prendre dans mes bras. Il me parut trop gros et trop grand : je n'eus pas la force de le faire. Je lui demandai de s'asseoir. Il haletait. Le bas de son pantalon et ses souliers étaient détrempés. Je lui demandai plusieurs fois de s'asseoir avant qu'il se décide à le faire. Alors je lui servis de l'eau. Je m'assis à la table près de lui. Son corps tremblait. Sa bouche restait ouverte. À l'intérieur d'elle, sans rien dire, on aurait cru qu'il répétait : « Je l'ai vu dans l'œil de la tourbière. »

Je vis l'étang au milieu de la sphaigne. Je pensai à toutes ces nuits où j'avais attendu son père, disparu un automne lors d'une partie de chasse, et qui, lui, n'était jamais revenu, et je pensai que le cerveau de mon fils était semblable à la sphaigne, qui prenait racine dans une mousse plus ancienne nourrissant la tourbière.

Le sixième jour fut étonnamment calme. Le matin la bruine était tombée sur le lac. Le vent du nord avait chassé les nuages au tournant de midi. Mathias et moi avions à nouveau regardé l'album photo ensemble, cette fois en commençant par la fin. Longuement il avait observé les champignons, s'était émerveillé devant les replis sinueux du gyromitre, la blancheur de l'amanite vireuse, l'étrangeté surréelle du pézize de Dudley. Je lui en parlais comme je l'avais fait durant son enfance. Il m'écoutait de la même façon, petit malgré la grandeur de son corps. Sur la table étaient posés des restes de la tarte, qu'il avait mangée, et dont la garniture avait coulé au fond du plat en aluminium où je l'avais fait cuire.

La nuit avait été agitée. Assis à table Mathias avait été long à cesser de trembler malgré mes paroles apaisantes. Puis je l'avais entendu gémir durant son sommeil. Moi, j'ignorais si j'avais dormi. Tôt le matin j'étais allée me baigner avec lui, même si une bruine tombait. Nous avions nagé près de la rive, non loin des nénuphars. Je lui avais parlé d'une loutre que j'avais aperçue au printemps près du quai et il s'était mis à l'imiter, semblable à une loutre géante, une loutre d'Amazonie. C'est ce que je lui avais dit ; il avait ri en m'écoutant, puis avait nagé sur le dos : son ventre émergeait des vagues sous le soleil qui perçait.

Le soleil brillait aussi sur les photos de son enfance. Aucune n'avait été prise les jours de pluie. C'étaient des photos d'août, c'étaient des photos de juillet. Mathias était grand et maigre. Sur les rares images où on la voyait, sa sœur était plus grande que lui. Sur une autre Mathias et Alex étaient étendus sur un lit du dortoir. La lumière de l'après-midi illuminait la pièce. Ils avaient dû dormir jusqu'à midi et s'étaient remis à lire avant même de se lever. Ils avaient quatorze ou quinze ans. Déjà il était certain qu'ils partiraient.

Mathias avait quitté la maison dès l'âge de dix-sept ans, après ses études secondaires. Ce n'est pas entièrement vrai : il conservait sa chambre. Mais il dormait le plus souvent ailleurs, et il était parti en Gaspésie avec Alex, puis dans l'Ouest. Il ne se souciait pas de ses études. Il ne parlait jamais de se trouver un emploi. Chaque nuit il se couchait extrêmement tard, attendait parfois l'aube ; déjà il semblait refuser l'idée du sommeil. Il buvait rarement, mais chaque fois à outrance. Une des dernières fois où il avait dormi chez moi – peut-être, à vrai dire, était-ce la dernière –, il était rentré ivre, avait vomi dans ses draps, était parti sans les laver, avait laissé sa mère le faire.

Je ne sais pas s'il avait de l'ambition. Je ne suis pas certaine non plus qu'il ait ressemblé à son père. Sur une photo on les voyait tous deux sur le canot au milieu du lac, près d'un îlot où un rocher permettait de plonger. À l'époque l'un et l'autre étaient grands et maigres. La photo était floue (je crois que c'est ma sœur qui l'avait prise alors que nous les suivions dans une deuxième embarcation). Il était impossible de bien voir leurs visages. Ils étaient maigres, dis-je, mais donnaient l'impression d'être lourds, on aurait cru que le canot coulerait.

Mathias tournait les pages de l'album en commençant par la fin. Après les champignons venaient des images de nous, des images qu'il connaissait, qu'il avait déjà dans la tête et qu'il retrouvait. Sur une seule d'entre elles on voyait la tourbière. Je ne me souviens plus de l'avoir prise, mais c'est sans doute moi qui en suis l'auteure. C'est une photo ratée. On y distingue mal l'étang de la sphaigne, mais on voit la colline boisée qui s'élève derrière, une colline-tumeur, une colline-protubérance, qui semble vouloir monter jusqu'au ciel.

Ce sixième jour j'accompagnai à nouveau mon fils à la tourbière. Les champignons étaient particulièrement abondants sous les arbres. L'alternance de pluie et de soleil les avait fait pousser par centaines. Leur capacité à apparaître en une nuit m'émerveille. Ils sortent de terre, se gonflent, certains ne vivront que le temps d'être dévorés par les vers.

Mon fils et moi avancions au hasard, nous avancions comme si nous avions décidé de nous perdre, mais nous savions qu'à l'ouest se trouvait la colline boisée, que le chemin de gravelle passait au sud et menait au chalet ; nous connaissions l'emplacement de la tourbière, au nord du chemin et à l'est de la colline, et le nom des autres lacs que l'on trouve plus loin, où nous étions déjà allés, à l'époque où ils n'étaient pas ceinturés de chalets et de propriétés privées elles-mêmes ceinturées de clôtures ou de haies.

L'après-midi le vent du nord avait chassé la pluie, mais les nuages revenaient en filets. Par moments ils se rassemblaient, opacifiaient le ciel. Mathias, depuis son arrivée, n'avait pas changé de t-shirt. Malgré mon insistance il refusait de le faire. À deux reprises il s'était baigné avec lui, l'avait laissé sécher sur sa peau, où il s'était collé. À nouveau l'imprégnait son odeur. À nouveau sa transpiration sentait. À nouveau sa respiration était lourde. On l'aurait cru douloureuse. Une respiration de cancéreux, pensais-je, comme si dans ma tête Mathias n'en finissait plus de mourir.

Je regardais le ciel. Je regardais la terre. Je marchais dans la mousse et l'humus en évitant les racines et les pierres. Je m'étonnais de ma facilité à le faire. Je vieillissais. Je savais que me surprendrait un jour la vitesse avec laquelle j'étais vraiment devenue vieille. Les jours passaient plus vite. Je distinguais mal le lever et le coucher du soleil. Je n'avais pas peur de la mort ou peut-être était-ce une peur que je remettais au lendemain. Mon fils, lui, avait une peur constante du réel, un désir persistant de s'enfuir, de s'enfoncer et peut-être de mourir.

Je me rappelle une de ses lettres, une de celles dont je garde le plus clair souvenir. Il était au Mexique, disait-il (pourtant la lettre m'était arrivée de Berkeley – mais qui sait combien de temps il l'avait portée avec lui ?). Le lendemain il prendrait un bateau. Cette embarcation il me la décrivait pendant des lignes. C'était une embarcation ancienne achetée à un pêcheur à Puerto Angel. Sa peinture était écaillée. Son moteur fonctionnait par intermittence. Son bois était rongé par les vers (c'est ce qu'il écrivait). Il l'avait achetée à Puerto Angel, disais-je, mais en raison de circonstances qui me dépassaient (j'avais étudié des cartes), il partirait avec elle dans le golfe de Tehuantepec, au large de Salina Cruz. Je pars vers l'Argentine! écrivait-il. Je pars vers l'Argentine! Et je le croyais. J'avais toujours envie de le croire. J'y repense et il me semble que je le croyais sans cesse, et puis je ne savais plus, et puis je doutais.

Après sa disparition j'avais rapidement pris ma retraite. Après sa disparition, pendant l'hiver, je n'avais plus vécu que par l'intermédiaire de ses lettres. Avec lui je m'enfonçais dans une Amérique chaque fois plus crépusculaire. Avec lui je m'enfonçais dans cette Amérique que j'habitais. Avec lui j'avais l'impression que l'Amérique n'avait pas de frontières, mais que c'était une Amérique où l'on se perdait. Son bateau naviguerait dans le golfe de Tehuantepec, disait-il. Son bateau irait vers l'Argentine. (J'y repense et je me dis qu'il était impossible qu'il l'ait acheté, qu'il n'en aurait jamais eu les moyens.) C'était un bateau dans lequel il se noierait. C'était un bateau qui coulerait. Ce sera une nuit de tempête, écrivait-il. Sur la plage j'ai vu rejetés des cadavres de chiens et de lièvres. Sur la plage j'ai vu mon propre corps rejeté par les vagues et qui agonisait.

Et je voyais son corps blanc qui flottait. C'était un corps-bateau. C'était un corps-épave. C'était un corps destiné à s'échouer sur la grève.

Il avait fallu plus d'un mois avant que je reçoive une autre de ses lettres. Je ressortais une carte où j'avais essayé un jour de dessiner son trajet. J'essayais d'y trouver une logique, de m'assurer qu'il n'y avait aucune raison qu'il disparaisse dans ce golfe, à l'ouest du Mexique. J'épinglais Grand Lake, Chicago, Sonoma ; je répétais leurs noms, j'écoutais leurs sonorités. Mathias ! Mathias ! Quand vas-tu revenir ? À l'époque je n'avais pas encore été gagnée par la conviction qu'il ne reviendrait jamais.

Et ce jour de la fin de juin, le sixième depuis son retour, bientôt le septième, qui – je l'ignorais encore – serait le dernier, nous marchions ensemble dans une forêt-éponge, de plus en plus humide. J'avançais, marchant sans le savoir dans le décor d'un rêve que je ferais après la tombée de la nuit, et que je revois aujourd'hui clair et net, plus net que ma vie : les rochers sont immenses au milieu des forêts, ce sont des rochers transportés durant l'époque glaciaire, désormais couverts de terre, de mousse et de lichen, où poussent des médéoles, des clintonies, des fougères, et des épinettes, des sapins, des frênes, qui s'élèvent si haut qu'ils paraissent devoir rejoindre le ciel. L'air semble figé. Mathias le traverse difficilement. On dirait que l'air est trop dense, qu'il l'empêche d'avancer. Le sang lui coule dans le ventre. Son ventre se gonfle. Le sang paraît vouloir déborder, lui remonte à la gorge et coule de ses lèvres. J'ai envie de mourir, dit-il. J'ai envie de mourir, répète-t-il bientôt. Il vit dans l'impossibilité de le faire. Et moi je le regarde, inutile et immobile au pied d'un rocher. Le rocher est immense. Mathias marche plus haut sur la colline. Le rocher est immense. Le sang coule de la bouche de mon fils. Je ne me sens pas la force de grimper. J'essaie, mais je sais qu'il ne me servirait à rien d'y parvenir. Et se poursuit le rêve, un rêve donnant l'impression de ne devoir jamais se terminer.

Mathias et moi marchions dans la forêt. La tourbière – nous le savions sans nous le dire – n'était plus qu'à deux ou trois cents mètres. Nous avions fait des détours. Nous nous étions perdus ou avions fait mine de le faire. Non loin il restait peut-être les vestiges gris et vert d'une cabane de chasseur juchée dans un arbre. Non loin restaient peut-être les vestiges d'un silence qui resterait pour nous un mystère. Mathias et moi avancions à l'ouest de la tourbière. C'est là que les arbres meurent, rongés par l'humidité, et que la forêt ressemble à un cimetière. Il faut enjamber des arbres frêles et morts. Dans la mousse on trouve souvent des excréments de bêtes. C'est un cimetière où personne ne passe, où personne ne s'arrête.

J'écrasai un moustique sur le bras de Mathias. Je pensai à son père, j'y pensai encore plus alors que nos pieds s'enfonçaient dans la sphaigne.

Mon fils nous fraya un chemin à travers des conifères de plus en plus denses dont les branches nous fouettèrent le visage et les mains. Bientôt je le suivis parmi d'épais buissons de thé du Labrador. Devant nous s'ouvrit soudain l'étang, et dans ma tête mon fils me répétait les paroles qu'il m'avait dites la veille : « Je l'ai vu ! J'ai vu mon père noyé dans l'œil de la tourbière. » Je n'y croyais pas tout à fait, on ne peut pas dire que j'y croyais vraiment, mais au fond je savais que c'était vrai et que pour moi la disparition de Mathias avait occulté celle de son père.

Du sixième jour il n'y a rien à ajouter. Le septième serait le dernier. Je crois qu'intuitivement je le savais. Au cœur de la dernière nuit je me réveillai habitée par un rêve où Mathias appelait la mort, qui ne venait jamais. Je l'entendis respirer dans le dortoir. J'ignore s'il dormait. Je me dis que comme lui j'aurais voulu avoir la force de partir, de fermer la porte du chalet, de tout laisser derrière, puis de disparaître. Je me rendormis alors que régnait encore la nuit.

Le septième jour mon fils me dit que son cerveau avait été contaminé par le cadavre de son père. Je pensai à une contamination lente, à un champignon se nourrissant de la matière putréfiée composant le sol des forêts, ouvrant son chapeau et libérant ses spores, qui viendraient s'implanter dans une tête humaine.

Ce jour-là mon fils partit à l'aube et, comme son père, je ne le revis jamais.

2

Le père de Mathias avait disparu trois ans avant que son fils s'en aille seul dans l'Ouest. Comme chaque automne il était parti chasser. Il n'avait pas pris plus de bagages qu'à l'habitude. Rien n'indiquait qu'il s'en allait pour longtemps. Mais au chalet il n'y avait aucune trace de son passage, et son véhicule ne fut jamais retrouvé. Au début j'avais cru qu'il était allé chasser plus au nord de la Mauricie, dans les forêts à l'est de La Tuque, comme il parlait parfois de le faire, et qu'il s'était blessé, que sa jambe avait été prise dans un piège, qu'il avait agonisé pendant des heures avant d'être dévoré par les bêtes. Il avait pu aussi retourner son arme de chasse contre lui. Puis j'avais pensé que sa vie était maintenant ailleurs, dans une autre ville, une autre province ou un autre pays, avec une autre femme peut-être, que depuis longtemps il avait eu l'idée de partir. Ce n'étaient que des hypothèses. Au fil des mois je n'avais jamais su, et au sentiment d'abandon se mêlait la tristesse, s'y mêlait aussi le mépris, comme s'il ne se souciait plus de ses enfants et de moi.

Trois ans plus tard la disparition de Mathias avait pris le dessus sur la sienne. Lui non plus n'en finissait plus de disparaître. Il me le répétait dans chacune de ses lettres, dans chacune d'elles il continuait de se perdre, mais je continuais à les recevoir par dizaines.

Ces lettres, je les avaient lues jusqu'à ne plus pouvoir le faire, et parfois elles m'étaient tombées des mains. Je ne savais pas où lui écrire, mais dans un journal je lui répondais. Je lui parlais de moi, de mes inquiétudes et de mes craintes, du vieillissement, de combien je l'aimais. Je lui parlais de son père, du mien et de ma mère. De mes parents morts depuis longtemps ; du sien qui un jour d'automne avait disparu. Puis je me disais que tout cela n'avait aucune importance, qu'après mon mari mon fils à son tour était parti, et que lui depuis m'écrivait, qu'il m'écrivait alors qu'il s'enfonçait, qu'il m'écrivait alors qu'il n'en finissait plus de disparaître, et que moi, m'enfonçant seule en forêt, dormant seule dans le dortoir près de la fenêtre ouverte, et le retrouvant dans ses lettres comme dans mon sommeil, je n'en finissais plus moi aussi de disparaître et que toujours je l'aimais.

Après le départ de mon fils, disparu à l'aube du septième jour, j'étais partie à Montréal. Au chalet la fatigue me pesait. Quand je me regardais dans le miroir j'avais l'impression que mon dos se courbait. À la tombée du jour j'avais entendu mes pas résonner entre les murs. Autour de moi la nuit était opaque. Dehors le vent poussait des branches sur les fenêtres. Les arbres pliaient. Des souris couraient et grimpaient dans les murs. J'entendais, plus bas, le clapotis des vagues. Je n'entendais pas de bruit venu des autres chalets. Dans le dortoir le lit de mon fils était vide. Pour la première fois j'avais eu peur d'y passer seule la nuit. Alors j'avais pris ma voiture. Mes phares avaient éclairé le chemin de gravelle. Sur la route je m'étais demandé si je croiserais mon fils, si je ne le verrais pas qui marchait, m'arrêterais pour lui ouvrir la porte et le conduire dans le prochain village ou la prochaine ville, mais je savais qu'il s'était enfoncé en forêt.

J'avais roulé seule sur le chemin de gravelle, sur des routes de campagne, et sur la 153 jusqu'à Yamachiche, puis sur la 40, je m'étais mêlée aux voitures qui roulaient à toute allure, sur cette autoroute où le trafic ne cesse jamais.

J'étais épuisée en arrivant à Montréal. J'avais avalé plusieurs verres de vermouth avant de pouvoir trouver le sommeil. Dans mon appartement je n'étais restée qu'une semaine.

Ma voisine me l'avait confirmé à mon arrivée : depuis le début de l'été je n'avais reçu aucune lettre de mon fils. Alors je m'enfermai dans ma cuisine, je repris toutes celles que j'avais reçues depuis plus de dix ans. Je les relus, même les dernières, certaines que je n'avais jamais lues entièrement. Je les lisais souvent à voix haute, parfois en boucle. Je tenais les feuilles entre mes mains ou les déplaçais sur la table, en lisais des extraits au hasard. Ma voix résonnait dans la cuisine tandis que je voyais mon fils les écrire et que je l'entendais les lire. Il les lisait dans un cimetière d'où on voyait l'océan Pacifique. Il les lisait en marchant le long d'une ligne de chemin de fer au Wisconsin. Il les lisait à voix haute en même temps qu'il les écrivait, comme s'il se les dictait. Il les disait pendant une nuit de pluie torrentielle, à l'abri d'un pont près d'un punk ivre qui pleurait. Il les disait devant le désert de Sonora, à la frontière des États-Unis et du Mexique, et alors sa voix résonnait dans la mort, m'écrivait-il, et alors sa voix résonnait dans le désert, s'éteignait en lui. Il avait mal à la tête. Parfois ses larmes coulaient. Son ventre encore grossissait. Il pleurait et je pleurais avec lui. Nous avions faim ensemble. J'étais lui alors qu'il écrivait à sa mère. Ma langue parlait en même temps que la sienne. Je me perdais avec lui comme je n'en finissais plus de me perdre. Alors je sortais. Je quittais ma cuisine ensoleillée, illuminée par ses fenêtres donnant sur la ruelle. J'allais rue Drolet, Boucher, Maguire et avenue

De Gaspé, parfois je faisais des boucles, descendais Casgrain, reprenais à nouveau Maguire, puis encore De Gaspé. Bientôt j'allais marcher dans les terrains en friche près de la ligne de chemin de fer. Je rentrais épuisée. Je buvais du vermouth ou du gin. Je relisais les lettres, ivre jusqu'à ce que l'ivresse me décide à dormir.

Une seule nuit je reçus une amie, une amie de longue date, rencontrée près de quarante ans plus tôt alors que je faisais mes études en biologie, une des seules que j'avais gardées depuis. Elle se maquille trop, pensai-je. Elle masquait ses rides. Mon amie me parla de ses vacances en Gaspésie : des paysages qui ne changeaient jamais. Des séjours qu'elle avait aussi faits au Mexique : des plages de la côte Pacifique qui semblaient s'étendre à l'infini. De Bali où elle irait l'hiver prochain, avec son nouvel « ami » (c'est le mot qu'elle employait) rencontré sur internet. Toi aussi tu as les moyens de partir, me disait-elle, alors que nous soupions sur mon balcon, à la lumière d'une chandelle (j'avais acheté des sushis). Mais elle comprenait qu'en cet été caniculaire je profite du lac, j'aille me réfugier au chalet ; elle se rappelait la dernière fois où nous y étions allées ensemble – il y avait déjà plus de quinze ans – avec André, son premier mari (elle le disait en riant). Avec mon mari et le sien (tous deux travaillaient pour Hydro-Québec) nous étions allés prendre l'apéro en canot sur le lac. Nous nous laissions dériver en vidant des verres de vermouth (ou peut-être était-ce de la bière), et étions rentrés ivres alors que nos enfants se baignaient près du quai.

Elle me dit qu'elle ne voyait presque plus les siens, que Sylvie, sa fille, était infirmière, accaparée par le travail, incapable de se libérer pour la voir, que son fils aîné était parti vivre aux États-Unis, dans une *gated community* en banlieue de Houston, et ne revenait presque jamais, que Louis, le cadet, venait d'avoir un troisième enfant, pensait en avoir un quatrième. Il avait un nouvel emploi, travaillait dans la vidéosurveillance, m'apprit-elle. Il posait des caméras dans les édifices gouvernementaux et les commerces. « Il y en a partout ! » lui disait-il. Elle me parlait de plus en plus ivre.

Ses paroles se déversaient au même rythme que se vidaient les bouteilles. Moi aussi j'étais ivre. J'étais avec elle, mais je n'avais que Mathias en tête, et c'est à lui que je pensais tandis qu'elle me racontait une histoire qui lui venait de son fils, celle de ce fugitif qui n'avait été rattrapé qu'au bout d'une semaine alors que les forces policières prétendaient maintenant pouvoir refaire entièrement son trajet, le tracer sur une carte, car elles l'avaient capté avec les caméras de sécurité des centres d'achats, des commerces, de la ville souterraine montréalaise, celles aussi des édifices municipaux, même par les téléphones de badauds qui l'avaient filmé par hasard au Festival d'été de Québec. Tout au long de sa fuite il ne s'était pas connecté à internet afin d'éviter d'être retrouvé. Il n'avait plus d'argent sur lui, même si son compte en banque débordait, mais il lui avait fallu plus d'une semaine avant d'utiliser ses cartes bancaires. C'est alors qu'il avait été pris, à Lebel-sur-Quévillon, en Abitibi.

Je l'écoutais et il me semblait qu'elle m'en parlait avec une certaine tristesse, comme si elle était gagnée du sentiment qu'aujourd'hui il n'y avait plus de fuite possible (ou peut-être cette tristesse était-ce moi qui la ressentais), et je me dis que le fuyard était près de la sortie, qu'à Lebel il ne lui restait plus qu'à s'enfoncer en forêt pour vraiment disparaître.

Du reste de la soirée je ne me rappelle presque rien. Avec mon amie je continuai à vider les bouteilles. Je dus aussi lui montrer les lettres, qu'au matin je trouvai étalées sur la table au milieu des verres, et je crus m'entendre lui dire que mon fils et mon mari étaient morts, que tous deux reposaient dans l'œil de la tourbière.

Ce jour-là je rangeai l'appartement, je remis les lettres dans le placard ; avant midi je repris la route ; malgré la fatigue et la nausée je retournai au chalet. J'y arrivai épuisée par ma soirée et le trajet, avec en tête les cadavres de mon fils et de son père.

Le lendemain je reçus la visite de mes petits-enfants et de ma fille alors que peu à peu le réel s'écroulait.

3

La date était marquée d'un X sur mon calendrier : chaque été, pendant deux jours, je gardais au chalet les enfants de ma fille. Avec eux je marchais sur l'ancien chemin de quatre-roues, accessible depuis le chemin de gravelle, mais dont l'entrée était désormais obstruée par des ronces. Plus loin nous empruntions des sentiers étroits, presque invisibles, où, au fil des décennies, je n'avais jamais rencontré âme qui vive, puis nous nous éloignions encore plus en forêt. Mathilde et Mathieu avançaient au milieu de fougères qui, les premières années, leur montaient parfois au-dessus de la tête, et se glissaient sous les branches des pins. Pour eux, j'identifiais la clintonie boréale dont je faisais grincer les feuilles et que j'écrasais sur leur peau, libérant ainsi son odeur, réputée chasser les moustiques. Je plongeais les doigts sous la tige du médéole de Virginie et en extrayais la racine blanche, que mes petits-enfants nettoyaient avant de la faire craquer sous leurs dents. Je leur montrais de rares sabots de la vierge – leurs fleurs bombées et roses, parfois albinos – et les tiges étranges – pâles et écailleuses – du monotrope uniflore, qui vit en symbiose avec des champignons microscopiques. Je leur donnais des explications embryonnaires sur la composition de l'humus, les rhizomes rampants structurant les tapis de plantes, les organismes saprophytes, la mycorhization et les fleurs sans chlorophylle. Je leur décrivais les circonvolutions du gyromitre qui évoquent (tous les livres de mycologie le disent) la forme d'un cerveau.

Puis bientôt Mathilde et Mathieu s'éloignaient tous deux dans l'ombre, marchaient dans des zones humides près d'une mare, grimpaient sur des rochers couverts de racines, allaient inspecter les tapis épineux sous les conifères. « Grand-maman ! Grand-maman ! » criaient-ils avant de revenir les mains débordant de champignons, certains que je jetais, d'autres dont les étonnaient les formes – des polypores et des trémelles, des clavaires aussi, tiges jaunâtres aux allures de lichen, que jamais ils n'auraient crus comestibles et que devant eux je croquais –, d'autres encore que je mettais dans un sac et que le soir je cuisinerais en leur répétant de n'en rien dire à leur mère, qui ne retenait que le danger associé aux champignons des forêts. À mes petits-enfants j'apprenais à les identifier à la forme et à la couleur, mais aussi à l'odeur, ou j'expliquais que pour différencier la russule émétique de la russule des marais, aux formes et aux couleurs apparentes, il suffit de goûter le champignon et de le recracher si sa chair est infecte. Je leur vantais les mérites des trompettes de la mort, tubes grisâtres ou noirs, dont j'apprécie la saveur, et ceux des oreilles-de-Judas, à la texture et à l'apparence étrange, injustement jugées répugnantes. Je les mettais en garde contre les jeunes amanites au sporophore tout juste sorti de terre dont la forme sphérique fait qu'on peut facilement les confondre avec des champignons comestibles. Je leur disais que la vesse-de-loup, vieille et le ventre noir, cache sous sa peau une matière pulvérulente dégageant un nuage brunâtre lorsqu'on l'écrase, mais qu'elle se mange encore jeune et blanche, crue ou grillée à la poêle.

Ils ne restaient que deux jours. Année après année de mon enseignement ils ne se rappelaient presque rien, mais toujours je les voyais disparaître sous les fougères, de plus en plus familiers avec la forêt. Je les entendais qui m'appelaient, j'identifiais pour eux les lépiotes, les bolets – certains dont ils voyaient la chair bleuir ou rougir en les brisant sous leurs doigts –, je leur donnais des repères pour retrouver leur chemin – la position d'un ruisseau ou d'un marais, celle aussi d'une colline derrière laquelle se trouvait la tourbière.

Au fil des ans nos rencontres se répétaient. Je marchais en forêt avec eux comme j'avais marché avec mon père, comme j'avais aussi marché avec leur oncle et plus rarement avec leur mère. Je m'enfonçais sous les arbres comme je m'imaginais toujours le faire, malgré la fatigue et la vieillesse et la disparition de mon fils et de son père.

Et cette année-là – celle du retour de Mathias, celle aussi de son nouveau départ, qui datait d'à peine plus d'une semaine – j'allais à nouveau avec Mathilde et Mathieu en forêt. Ils étaient beaux. Ils avaient grandi – je m'étonnais chaque fois de voir à quel point ils grandissaient. Leurs corps étaient maigres, leur peau étonnamment pâle, comme si elle profitait rarement du soleil. J'avais mal à la tête et une douleur à la hanche. Le jour de mon retour au chalet, tout juste arrivée de Montréal, j'avais glissé sur une pierre, j'étais tombée en descendant au quai. Un bleu recouvrait maintenant ma jambe jusqu'au haut de la cuisse. Aussi je marchais en boitant et un bâton à la main, aidée de Mathilde et de Mathieu lorsqu'il fallait grimper des côtes ou passer au-dessus de troncs morts obstruant le sentier.

À nouveau il avait plu la veille. La terre et la mousse étaient humides ; les fougères, particulièrement hautes alors que nous nous éloignions du sentier. Mon pas était lent. Mathilde et Mathieu s'éloignèrent peu. Je l'ai dit plus tôt : avec l'âge ma vue faiblissait, mais cet après-midi de juillet, alors que d'épais nuages s'assemblaient dans le ciel, je l'aurais crue encore plus faible. C'est pourquoi mes petits-enfants me guidèrent. En même temps qu'eux mes pieds écrasaient les fougères et les trilles, laissant des traces parfois profondes dans le sol humide tandis que nos yeux cherchaient sous les branches. Mathilde s'éloigna, me rapporta une pleine poignée d'hygrophores jaunâtres dont je lui décrivis l'amertume, que je lui déconseillai de manger, puis Mathieu me montra près d'un sapin deux beaux spécimens d'amanite tue-mouches, l'un grand au chapeau étalé, l'autre court, dont le chapeau n'était pas encore ouvert.

Je leur expliquai que ces amanites étaient jeunes, venaient tout juste de pousser, mais qu'elles vivaient auparavant sous terre, invisibles, se nourrissant de la matière qui y pourrissait, que comme les autres champignons, c'étaient des organismes parasites, s'alimentant au sol ou au bois mort, et ne sortant de terre que pour se reproduire en ouvrant leurs chapeaux et en libérant leurs spores, avant de finir putréfiés ou dévorés par des insectes ou d'autres bêtes. Je leur montrai de près l'amanite tue-mouches, leur fis remarquer son chapeau jaune tacheté de blanc, l'anneau sur son pied, le bulbe auquel s'accrochaient ses racines. Il faut s'en méfier, dis-je. Cette amanite est vomitive et hallucinogène.

Cela les fit rire. Moi aussi je ris. Au-dessus de nous les nuages s'écartèrent. Les pierres et le bois humides luisirent sous le soleil. J'avais mal à la tête. Depuis le début du jour j'avais mal à la tête. Sous les branches des cèdres la forêt semblait irréelle. Un scarabée s'était posé sur ma main. Au sommet d'un arbre un merle criait. « Grand-maman ? » demanda Mathilde. J'avais le crâne lourd, comme s'il débordait de matière. « Je vais bien. Je vais bien. » Je souriais. À vrai dire je me forçais à le faire. À mes petits-enfants je posai mes mains sur la tête. Leurs crânes étaient chauds. Leurs chevelures, épaisses. Leurs visages, longs et minces. Leurs t-shirts, mouillés par la sueur. Je m'étonnais chaque année de voir à quel point ils se ressemblaient. Une gourde passa de main en main. Son eau coula sur nos mentons. Assise sur une souche je respirai lentement. Ma douleur à la hanche restait vive, mais mes maux de tête s'apaisèrent.

Je repris lentement la parole, sans bien penser à qui je m'adressais, pour expliquer que l'amanite tue-mouches est un champignon quasi universel. J'ajoutai qu'en Lettonie on le mélange à la vodka, que les chamans de Sibérie le consomment avant de distribuer leur urine, et que chaque fois la fête se termine dans les vomissures et l'ivresse. Mathilde et Mathieu à nouveau rirent. Peut-être aussi que mes paroles les inquiétèrent. Je leur parlais ainsi sans savoir si j'avais raison de le faire, en me rappelant ces étudiants à qui, pendant des années, j'avais enseigné la biologie, les membres d'un club de mycologie que j'avais dirigé, et puis mon fils avec qui j'avais si souvent marché sous les sapins près des fougères, avec qui je cueillais des hygrophores ou des chanterelles, et à qui surtout je disais d'éviter plus que toutes autres les amanites vireuses, des champignons beaux et traîtres, attaquant le foie et les reins.

Chaque fois le champignon tue en plongeant sa victime dans le délire et la fièvre, chaque fois le champignon tue en éloignant celui qui meurt du réel. Le réel se putréfie. Et celui qui meurt, perdu seul en forêt, erre, marchant puis rampant, assoiffé, avec son cœur qui lui bat dans la tête. Il finit dans l'eau sale d'un marais, qui lentement s'assèche. Autour de sa dépouille rôdent des bêtes curieuses, des renards ou des lièvres. Il se décompose, jusqu'à se confondre avec la terre, où des champignons pousseront, prenant forme sur lui comme s'ils s'étaient nourris de sa chair.

Cela je le disais à Mathilde et Mathieu ou, je ne sais plus, peut-être que j'invente à rebours, peut-être que je ne leur en disais presque rien. La mort s'en vient, affirmai-je, en parlant peut-être dans ma tête. La mort s'en vient, je répétai, et je savais que je vieillissais, que moi-même, peu à peu, je me rapprochais du sol et rapetissais, et que leur parlant je ne savais plus si c'était ma langue qui bougeait ou la langue d'un autre, la langue d'un fils, la langue d'un père.

J'avais mal aux jambes. L'après-midi avançait. Les moustiques se faisaient soudain nombreux autour de nos têtes. Je dis aux enfants de partir avant moi vers le chalet, de courir se jeter dans le lac pour chasser les démangeaisons causées par les piqûres, pour chasser aussi l'odeur de la sueur. Je me levai, avec eux je fis un bout de chemin, puis j'insistai pour qu'ils accélèrent. Je les regardai partir sans craindre qu'ils se perdent. Je rentrais à leur suite, je rentrais lentement en sentant autour de moi la densité du réel. Je n'en étais pas certaine, mais je crus entendre la voix de mon fils qui m'appelait. Je me rappelai aussi celle de son père. Je regardai à ma gauche, où je savais que se trouvait la colline derrière laquelle s'étendait la tourbière. La nuit précédente j'y étais retournée dans mon sommeil. Je m'étais baignée dans son œil avec les corps blanchâtres de mon fils et de son père. Peu à peu, pas après pas, je rentrais au chalet. J'allais le retrouver, accablée par la fatigue. Une voiture me croisa sur le chemin de gravelle, poussa sur moi un nuage de poussière. Je m'écartai vers le fossé en plissant les yeux, m'accrochai à des branches et des ronces pour éviter de tomber. Parmi la poussière qui se dissipait je vis apparaître Mathilde et Mathieu

– leurs têtes semblaient immenses, auréolées par le soleil – qui étaient revenus me chercher pour que nous rentrions ensemble au chalet.

Ils étaient arrivés la veille avec leur mère. En vérité, j'avais oublié qu'ils devaient venir. Je m'étais réveillée en entendant les portes de leur voiture claquer. J'avais le crâne chaud, une vague sensation de fièvre ; je m'étais levée avec le sentiment de rester enlisée dans mon sommeil.

Tout de suite j'avais remarqué que ma fille avait grossi. Je m'étonnais chaque année de la trouver plus grosse. Pour tout dire elle ressemblait à son frère. Comme chaque année elle apportait une glacière chargée de pots de crème glacée, de popsicles et de pizzas surgelées achetées au IGA de Trois-Rivières. Il ne fallait pas que je me fatigue, disait-elle. Je n'aurais pas besoin de cuisiner. Mais chaque année lorsque, deux jours plus tard, elle revenait chercher Mathilde et Mathieu je remettais les pizzas dans sa glacière. Je le faisais sans commentaires pour qu'elle comprenne que je savais encore cuisiner, que je n'étais pas vraiment vieille, qu'elle pouvait année après année me laisser ses enfants en toute sécurité. Elle ne restait qu'une heure ou deux, rarement davantage. Chaque fois j'avais hâte qu'elle reparte. Elle me parlait de sa maison, de son chalet, des rénovations que son mari et elle prévoyaient, de leurs investissements récents dans l'immobilier, des prix des propriétés qui explosaient. Ni elle ni moi ne mentionnions jamais le nom de son frère. Cette année-là je n'avais pas non plus cru nécessaire de le mentionner, mais je savais que mon petit-fils ou ma petite-fille dormirait dans le lit occupé par leur oncle il y avait à peine plus d'une semaine.

Ce samedi de juillet – celui de leur arrivée – le ciel était vaste et clair. Il semblait lourd aussi, surchargé de lumière. Les enfants étaient descendus se baigner. J'allai les rejoindre avec leur mère. Comme elle j'étais en maillot de bain (bien que ni elle ni moi n'ayons prévu nous baigner), mais je gardais une serviette nouée à ma taille pour cacher le bleu qui marquait ma jambe, la blessure que je m'étais faite la veille, et mes yeux étaient masqués par des lunettes de soleil.

Nos peaux luisaient. Toutes deux nous nous étions enduites de crème solaire (ma fille avait insisté pour que j'en mette). Son corps débordait de son maillot de bain. Le mien était frêle ; ma peau, sèche, qui ce jour-là me rappelait les exuvies des couleuvres que l'on trouve parfois sous les pierres.

Mathilde et Mathieu s'étaient déjà éloignés vers le large tandis que leur mère et moi nous installions sur le quai. Au loin des embarcations se réunissaient. Autour d'elles on voyait émerger des têtes. Le lac débordait de baigneurs. Il y avait une épidémie d'êtres humains. Le soleil brillait sur le lac ; on aurait dit que l'eau vibrait. Ma tête était lourde. Je n'étais pas encore tout à fait sortie du sommeil. Je faisais mine de rester attentive à ce que ma fille disait. Je ne voulais pas qu'elle s'inquiète. Je voulais qu'elle parte rassurée et seule, qu'elle me laisse ses enfants, que pendant deux jours je les garde avec moi, que nous allions marcher en forêt, chercher des champignons à l'ouest de la colline sous les pins ou au milieu des fougères. Je lui disais que j'allais bien, que j'avais récemment consulté un médecin (je mentais), que tous les tests étaient négatifs, qu'il n'y avait aucune maladie possible, que je ne souffrais de rien, que j'avais encore toute ma tête, que pour tout dire on aurait pu croire que j'étais immortelle.

J'avais mal à la hanche. La douleur s'étirait jusqu'à ma boîte crânienne. Je me rappelais les lettres de son frère: sa sœur immense, sa sœur qui grandissait sans cesse et paraissait occulter le réel. Et je me demandais à quel âge elle cesserait de grossir, si vieillissante elle maigrirait et rapetisserait, si elle flétrirait peut-être, si elle approcherait de la mort et du sol le corps fragile et frêle en sentant son cerveau qui pourrissait, et je me disais qu'après tout je l'aimais, que j'aurais voulu pouvoir vraiment parler avec elle, lui lire aussi les lettres de son frère, les lire avec elle en nous tenant par la main, ou m'enfoncer avec elle sous les arbres vers la tourbière, le faire comme quand elle était enfant nous l'avions fait à quelques reprises avant qu'elle cesse de venir au chalet, et je pensais que Mathias ne reviendrait plus, que c'est elle qui en hériterait, qu'elle le vendrait ou le détruirait, pour en construire un autre, plus gros et plus moderne, et qu'elle ferait bâtir des marches larges et solides pour descendre vers le lac, afin que, lourde et vieillissante, elle ne risque pas de glisser, comme moi j'avais glissé la veille, moi qui aurais pu me fracturer la hanche et cesser peut-être à jamais de marcher, et je m'étais surprise à espérer qu'elle meure jeune, qu'elle trouve peut-être avant moi sa place dans un cimetière, et que ce soit Mathieu et Mathilde qui héritent des lieux, que comme mon grand-père et mon père avant moi, ils habitent le chalet pendant l'été, qu'ils ne le transforment jamais en une maison accessible l'hiver, que les lieux ne changent qu'à peine, figés dans une réalité éternelle, et qu'autour la forêt reste la même, qu'il y pousse toujours des médéoles, des clintonies, des trilles, se perpétuant au fil des siècles, leurs racines s'étirant en rhizomes dans l'humus des forêts, qu'il n'y ait jamais de sentier pour aller à la tourbière, que personne d'autre n'y plante les pieds, mais je savais que c'était impossible, que je mentais, que je me mentais à moi-même, d'autres chalets seraient construits, il y en aurait encore d'autres toujours plus éloignés du lac, sur le bord du chemin de gravelle, qui déjà depuis mon enfance avait été allongé et élargi, qui un jour serait asphalté, et le temps viendrait où l'endroit ressemblerait à un village, au cours des années il grandirait, empiéterait sur la forêt, chasserait plus loin les renards et les lièvres, on déverserait des larvicides dans les mares et les étangs pour mettre fin au règne des moustiques, on drainerait les zones humides et peut-être un jour la tourbière s'assécherait.

C'était ce que je me disais alors que le soleil faisait luire ma peau et celle de ma fille et scintiller les vagues qui s'écrasaient mollement sur le quai. Je fermais les yeux derrière mes lunettes de soleil. Sous mes paupières il me semblait encore voir Mathilde et Mathieu se baigner et j'avais des visions d'apocalypse, j'imaginais le lac couvert d'une sphaigne dure et sèche où mes petits-enfants marchaient et qui faisait saigner leurs pieds.

L'été avait été pluvieux, disais-je, mais aucune goutte ne tomba du reste de la semaine et la pluie fut rare durant le restant de l'été. Ma fille était partie. Ma fille m'avait laissé Mathieu et Mathilde. Nous étions allés cueillir des champignons ensemble dans la forêt, et alors qu'une voiture roulait sur le chemin de gravelle et me couvrait de poussière, mes petits-enfants m'avaient prise par la main et reconduite au chalet. Je m'étais couchée au dortoir. À la fin de l'après-midi je m'étais étendue sur le lit de mon fils, entre la bibliothèque et la fenêtre ouverte, sans être capable de dormir. J'entendais les bruits des baigneurs, ceux aussi des voitures sur le chemin, et ma respiration lente, les battements de mon cœur ; je voyais par la fenêtre le frémissement des feuilles des trembles, l'éclat du soleil ; et ressentais une tension dans tout mon corps, la douleur, et l'impression de l'impossibilité du sommeil.

Mathilde monta me voir alors que le soleil se couchait. Assise à côté de moi elle regarda les livres dans la bibliothèque, des livres qu'avait lus son oncle, des livres que j'avais lus aussi, des livres que parfois avait lus sa mère, et je me rappelai les histoires que je lui avais racontées les années précédentes dans la nuit du chalet, des histoires de renards qui avaient le don de parole, des histoires de renards qui savaient éviter les pièges, se jouer des hommes, qui creusaient des terriers immenses semblables à des labyrinthes, des renards aussi dont la gueule riait quand le soir ils s'assoyaient sur une pierre et, entourés d'un public de mulots, d'hermines ou de lièvres, racontaient pourquoi ils ne les chassaient plus désormais, pourquoi ils préféraient s'emparer de jeunes animaux domestiques, de chats dénaturés et sans griffes, de chiots dont les aboiements plaintifs bientôt s'éteindraient. Puis je ne savais plus si c'étaient les histoires que j'avais racontées à Mathilde ou si ma mémoire les métamorphosait. Je me disais qu'elles avaient été parasitées, transformées par une fable lue dans une lettre de mon fils ou que c'était lui qui les inventait, qu'il savait parler aux animaux, qu'il leur parlait sans distinguer les humains des bêtes, que sa voix parfois aboyait, que par moments on aurait cru qu'elle hululait, que disparu au milieu des bois il était désormais parmi les siens.

Mathilde me regardait. Je n'avais pas entendu son frère monter et qui s'était également assis sur mon lit. Leurs visages s'allongeaient. Ils étaient blancs, mais on n'aurait pu dire qu'ils étaient blêmes. C'étaient des visages qui m'apaisaient. Et je vis bientôt d'autres visages derrière, ceux, gris et ternes, de mon père et de ma mère, ceux aussi de mon grand-père et de ma grand-mère, tous quatre rassemblés près de mon lit, spectres hantant le chalet, et je ne savais plus si je vivais ou si j'étais déjà morte, moi-même devenue spectre, ou mi-morte, mi-vivante, entre vie et pourriture dans les murs du chalet.

Au souper je n'avalai rien (j'avais mal au ventre, on aurait cru qu'en même temps que ma tête mon ventre se gonflait), mais je descendis regarder Mathilde et Mathieu avaler leur tourtière, en sentant aussi derrière moi les ombres de mon père, de ma mère, de mes ancêtres.

Le lendemain le soleil brûlait plus fort que jamais. De cette journée il y a peu à dire. Les enfants se baignèrent. À midi je leur servis à nouveau de la tourtière. Moi, je ne mangeai presque rien. Je ne descendis pas non plus au quai. Je restai au chalet près des fantômes.

À la tombée du jour, comme chaque année, Mathilde et Mathieu voulurent regarder les albums photo. Sur l'une d'elles on voyait leur grand-père en tenue de chasse; sur une autre mon fils et leur mère se baignaient dans le lac par une journée idyllique de juillet; Mathilde et Mathieu rirent en les voyant jeunes enfants tous deux endormis sur un lit du dortoir; ils sourirent en regardant mon fils et son père sur un canot au milieu du lac; sur chaque photo ils tentèrent d'identifier celles et ceux qui s'y trouvaient, mais souvent se trompèrent, et je nommai pour eux les disparus, je nommai pour eux celles et ceux que j'aimais, je nommai parmi eux leur mère, fantôme énorme, qui pour moi s'évaporait.

Sur une seule photo on voyait la tourbière. Chaque année ils me questionnaient sur cette image. La photo était floue, s'y confondaient l'étang et la sphaigne. J'expliquai qu'au fond des bois se trouvait un lac presque mort, lentement dévoré par la sphaigne, une mousse dont la propagation pouvait être quasi perpétuelle, que sous sa couche vivante se trouvait une mousse plus ancienne, une tourbe vieille dont se nourrissait la jeune sphaigne, et que dans les tourbières d'Irlande, du Danemark ou de Sibérie reposaient des fossiles et des corps momifiés, préservés depuis des siècles dans des profondeurs moussues qui avaient été pour eux un cimetière.

Ce soir-là je racontai aussi comment Mathias et moi, près de vingt ans plus tôt, avions découvert la tourbière. À Mathilde et Mathieu je parlai de l'étang, d'une cabane de chasseur où s'était juché leur grand-père et dont il restait peut-être quelques planches accrochées à un arbre par des clous rouillés, des plantes insectivores, de leurs fleurs aux formes étranges, presque surnaturelles. Je le fis d'une voix qui, à rebours, me semble usée, quasi éteinte, mais qu'ils écoutaient comme si elle avait été douce et belle et les portait à s'approcher, à tendre l'oreille. Et quand j'entendis Mathilde et Mathieu s'exclamer : « Grand-maman ! Grand-maman ! emmène-nous à la tourbière », j'acquiesçai d'un mouvement de la tête.

Le lendemain, jour où viendrait les chercher leur mère, nous marchions en direction de la sphaigne. Nous n'étions pas seuls : nous accompagnaient des moustiques par dizaines. À mes petits-enfants je donnais des repères : garder toujours la colline à gauche, suivre la dépression du sol, aller là où il s'enfonçait, chercher du regard une région peuplée de fougères et les premières mousses, vert clair, qui y apparaîtraient.

Ils avançaient devant moi, prenaient de l'avance, partaient en éclaireurs, revenaient me dire à quoi ressemblait la forêt, quels arbres on y trouvait, me parlaient de la coulée humide derrière un rocher, et moi je sentais le poids de la fatigue, la tension causée par ma douleur à la hanche, le harcèlement aussi des insectes, le poids de mes ancêtres qui semblaient comme eux accrochés à ma tête.

J'aurais voulu trouver parmi eux Mathias. J'aurais voulu qu'il me prenne par la main. Je me rappelais l'aube du septième jour, celui de son départ. Il était parti. Il s'était enfoncé en forêt, et pour ultime parole il m'avait répété qu'il m'aimait.

Et comme je suivais Mathieu et Mathilde sur le sentier, que je leur donnais des indications tandis qu'ils couraient devant moi, je répondais à mon fils que moi aussi je l'aimais. Je le lui disais encore alors que la fatigue et la douleur m'accablaient, que je m'accrochais aux arbres et aux branches, je le lui répétais tandis que je marchais d'une démarche presque infirme, titubant dans une forêt où par moments je n'avais plus de repères.

Les pierres étaient humides ; les racines, glissantes. Sous un arbre je vis des champignons blanchâtres et minces, quasi transparents, spectraux, dont je ne connaissais pas le nom. Les moustiques formaient un voile autour de ma tête. Leur vrombissement l'envahissait. J'entendis chanter un bruant puis une grive. Je fis un pas de travers, tombai, les genoux et les mains dans la terre. Ma douleur à la hanche s'élevait jusque dans ma boîte crânienne. Mon corps criait. Les moustiques descendaient vers moi tandis que je reprenais mon souffle, puis me relevais difficilement.

Mathilde et Mathieu avaient disparu. La forêt vibrait pendant que mes pieds s'enfonçaient parmi les fougères. Je vis une libellule énorme et noire passer devant moi et avaler un moustique. Déjà je croyais marcher dans la sphaigne. Mathias à nouveau m'appelait. « Grand-maman ! Grand-maman ! » entendis-je. Mathilde et Mathieu revenaient, les chevilles boueuses, le visage et le cou marqués de piqûres, et leurs yeux qui brillaient.

Ils me dirent qu'ils avaient vu la mousse verte, que nous approchions de la tourbière. Les arbres étaient denses. Mes petits-enfants marchaient devant, me guidant désormais, comme si depuis toujours ils avaient su où la trouver au milieu de la forêt.

Derrière eux je m'empêtrais dans les branches ; derrière eux j'avançais au milieu des sapins de plus en plus maigres ; je les suivais de peine et de misère avec le sentiment que ma marche était définitive, que je ne pourrais plus retourner en arrière, puis soudain sous le ciel qui brûlait, je vis devant moi s'étendre la tourbière, je vis Mathilde et Mathieu qui avançaient déjà vers l'étang avec au-dessus d'eux l'œil immense, le soleil. Je crus que mes petits-enfants disparaîtraient à leur tour dans la sphaigne, que leurs têtes étaient déjà mortes, qu'à leur tour leurs cerveaux pourrissaient, que tout se répéterait sans cesse, comme si, malgré la beauté des choses, rien ne servait à rien, et je sentis la sphaigne me grimper le long du corps, pousser jusqu'à mon cou puis bien au-dessus de ma tête alors que mon crâne se dégorgeait. Je marchais dans un brouillard dense, humide et multicolore, laissant des labyrinthes et des déserts derrière, oubliant la longue sécheresse du réel qui se refermait, et ce faisant je ne cessais de répéter les noms de mes petits-enfants, de mon fils et de ma fille, je répétais aussi ceux de mes ancêtres, je disais à chacun combien je l'aimais.

Bientôt je m'extirpai des branches et mes pieds s'enfoncèrent dans la sphaigne ; bientôt je rejoignis Mathilde et Mathieu sous un ciel sans nuages, d'un bleu étale, presque parfait. J'entendis l'une ou l'autre me dire : « Je les ai vus, j'ai vu Mathias et grand-père dans l'œil de la tourbière » et je vis les reflets de mes petits-enfants dans l'étang, leurs formes longues et sombres, qui auraient pu être celles de leur oncle et de leur grand-père, et au milieu d'elles le reflet brillant du soleil. Je le vis qui me regardait, un astre étrange, un astre qui ne révélait rien, et j'eus mal à la tête, je crus que cette fois mon cerveau brûlait, que de la pourriture naissait des flammes, comme si un marais s'embrasait.

De cette journée j'oublie peu à peu la sphaigne ; je me rappelle avant tout le soleil.

Je me rappelle combien il brûlait sur le tombeau de ceux que j'aimais.

Je me rappelle aussi les mains de Mathilde et de Mathieu qui attrapaient les miennes pour me reconduire au chalet.

4

Désormais ma sœur et ma fille ne veulent plus que je me rende seule au chalet. Elles me parlent de mon âge, de ma blessure à la hanche; elles murmurent en secret que je n'ai plus toute ma tête. Je reste donc à Montréal, je vais rarement en Mauricie, je n'emprunte presque plus le chemin de gravelle, je ne côtoie plus les fantômes de mes ancêtres et je ne suis jamais retournée à la tourbière, mais je sais que mes petits-enfants n'en ont pas oublié le chemin.

Chaque été ils insistent, demandent d'aller au chalet de leur grand-mère. Ma fille vient alors me chercher, elle fait l'aller-retour le même jour, nous récupérons ses enfants au Cap-de-la-Madeleine, puis nous passons quelques jours près du lac, dormons tous les quatre dans le dortoir, dans la chaleur de juillet.

Ma fille n'aime pas y être. Elle tourne en rond dans le chalet, s'inquiète de me laisser seule avec ses enfants, puis finit par trouver un prétexte pour se rendre à Shawinigan ou à Trois-Rivières. Alors Mathilde et Mathieu s'enfoncent sous les arbres, retrouvent des repères, leurs pieds ne restent pas prisonniers de la sphaigne.

Moi, je ne sors pas. Les yeux fermés je hume l'odeur des sentiers, je vois la lumière sur les fougères. Je marche avec mes petits-enfants depuis le chalet. Je ne crains pas qu'ils se perdent.

Et à leur retour, avant que leur mère ne rentre, ils me racontent les kalmias, les andromèdes, les sarracénies aux formes extraterrestres, l'éclat brûlant du soleil, des branches sous lesquelles ils ont cru voir un renard ou un lièvre, l'étang où ils se regardent et se reflètent, mais ne s'enfoncent jamais.

ROMANS PARUS CHEZ HÉLIOTROPE

GABRIEL ANCTIL
Sur la 132

JENNIFER BÉLANGER
Menthol

VINCENT BRAULT
Le fantôme de Suzuko
La chair de Clémentine
Le cadavre de Kowalski

ANNE-RENÉE CAILLÉ
Voyances

EMMANUELLE CARON
Les lois du jour et de la nuit

NICOLAS CHALIFOUR
Vol DC-408
Variétés Delphi
Vu d'ici tout est petit

DAVID CLERSON
En rampant
Frères

MICHÈLE COMTOIS
Le tableau de chasse

ANGELA COZEA
Interruptions définitives

MARTINE DELVAUX
Je n'en ai jamais parlé à personne
Thelma, Louise & moi
Blanc dehors
Les cascadeurs de l'amour n'ont pas droit au doublage
Rose amer
C'est quand le bonheur?

JULIE DEMERS
Barbe

OLGA DUHAMEL-NOYER
Une autre vie est possible
Mykonos
Le rang du cosmonaute
Destin
Highwater

LOUISE DUPRÉ
Théo à jamais
L'album multicolore

CLARA DUPUIS-MORENCY
Sadie X

CATHERINE FATIMA
Marécages de l'utopie

KIM FU
Cinq filles perdues à tout jamais
For Today I Am a Boy

BENJAMIN GAGNON CHAINEY
Candy

JULIEN GUY-BÉLAND
Pas besoin d'ennemis
Vos voix ne nous atteindront plus

MARIE-PIER LAFONTAINE
Chienne

KEVIN LAMBERT
Que notre joie demeure
Querelle de Roberval
Tu aimeras ce que tu as tué

CATHERINE LAVARENNE
Quelques lieux de Constance

GRÉGORY LEMAY
Le cœur des cobayes
C'était moins drôle à Valcartier
Les modèles de l'amour

Mathieu Leroux
Avec un poignard

Michèle Lesbre
Chemins
Écoute la pluie
Sur le sable

Patrice Lessard
Cinéma Royal
L'enterrement de la sardine
Nina
Le sermon aux poissons

Maryam Madjidi
Marx et la poupée

André Marois
Je ne suis pas fou

Catherine Mavrikakis
Niagara
Impromptu
L'absente de tous bouquets
L'Annexe
Oscar De Profundis
La ballade d'Ali Baba
Les derniers jours de Smokey Nelson
Deuils cannibales et mélancoliques
Le ciel de Bay City

Julie Mazzieri
La Bosco

Alice Michaud-Lapointe
Villégiature

Simon Paquet
Une vie inutile

Pierre Samson
Le Mammouth

Gail Scott
My Paris

Verena Stefan
Qui maîtrise les vents connaît son chemin
D'ailleurs

07/25

Héliotrope

4067, boulevard Saint-Laurent, Atelier 400
Montréal (Québec) H2W 1Y7
editionsheliotrope.com
facebook.com/editionsheliotrope
instagram.com/editions_heliotrope

Achevé d'imprimer le 5 janvier 2023
sur les presses de Marquis

Imprimé sur Rolland Enviro®.
Ce papier contient 100% de fibres recyclées durables,
est fabriqué avec un procédé sans chlore et à partir d'énergie biogaz.